Os Sofrimentos do Jovem WERTHER

Título original: *Die Leiden des Jungen Werther*

Direção Editorial ***Ethel Santaella***

REALIZAÇÃO

GrandeUrsa Comunicação

Direção *Denise Gianoglio*
Tradutor *Petê Rissatti*
Revisão *Luciana Maria Sanches*
Capa, Projeto Gráfico e Diagramação *Idée Arte e Comunicação*

Dados Internacionais de Catalogação na Publicação (CIP)
(eDOC BRASIL, Belo Horizonte/MG)

Goethe, Johann Wolfgang von, 1749-1832.
G611s Os sofrimentos do jovem Werther / Johann Wolfgang von Goethe; tradutor Petê Rissatti. – São Paulo, SP: Lafonte, 2025.
144 p. : 15,5 x 23 cm

ISBN 978-65-5870-644-1 (Capa A)
ISBN 978-65-5870-642-7 (Capa B)

1. Ficção alemã. 2. Literatura alemã – Romance. I. Rissatti, Petê. II. Título.

CDD 833

Elaborado por Maurício Amormino Júnior – CRB6/2422

Editora Lafonte

Av. Profª Ida Kolb, 551, Casa Verde, CEP 02518-000, São Paulo-SP, Brasil – Tel.: (+55) 11 3855-2100
Atendimento ao leitor (+55) 11 3855-2216 / 11 3855-2213 – atendimento@editoralafonte.com.br
Venda de livros avulsos (+55) 11 3855-2216 – vendas@editoralafonte.com.br
Venda de livros no atacado (+55) 11 3855-2275 – atacado@escala.com.br

Johann Wolfgang *von*
GOETHE

Os Sofrimentos do Jovem Werther

Tradução
Petê Rissatti

Brasil, 2025

Lafonte

Com diligência, colecionei tudo o que consegui descobrir sobre a história do pobre Werther e apresento aqui, na certeza de que me agradecerão.

Não poderão negar admiração e amor a seu intelecto e caráter, tampouco lágrimas ao seu destino.

E você, boa alma, que sente o mesmo ímpeto que ele, busque consolo em seu sofrimento e, caso não consiga encontrar alguém mais próximo, seja pelo destino, seja por culpa própria, permita que este livreto seja seu amigo.

Primeiro livro

4 de maio de 1771

Como estou feliz por ter partido! Ora, meu bom amigo, o que é, pois, o coração do homem! Deixar você, que tanto amo, de quem nunca me separava, e estar feliz! Sei que me perdoa. Teriam minhas outras relações sido selecionadas pelo destino para angustiar um coração como o meu? Pobre Leonore! E, ainda assim, eu era inocente. Qual foi minha culpa se uma paixão se formava em seu pobre coração enquanto os encantos rebeldes da irmã dela me proporcionavam um entretenimento agradável? E, no entanto... sou completamente inocente? Será que não alimentei os sentimentos dela? Eu mesmo não me deleitei com as expressões inteiramente verdadeiras da natureza, que tantas vezes nos faziam rir, por mais ridículas que fossem? Não terei eu... ah... o que é o ser humano para poder reclamar de si mesmo! Quero, é o que lhe prometo, meu caro amigo, quero melhorar, não quero ruminar mais aquele bocado de mal que o destino nos apresenta, como sempre fiz; quero aproveitar o presente, e que o passado fique para trás. Sem dúvida, você tem razão, caríssimo, a dor seria menor entre os homens se eles — apenas Deus sabe por que são feitos dessa maneira — não usassem a imaginação com tanta perseverança para trazer à tona as lembranças do mal que passou, em vez de aguentar um presente imperturbável.

Faça o imenso favor de dizer à minha mãe que administrarei os negócios dela da melhor forma e lhe darei notícias o mais rápido possível. Falei com a minha tia e nem de longe vi nela aquela mulher maléfica que pintaram para nós em casa. É uma mulher vívida e intensa com o melhor dos corações. Expliquei-lhe as reclamações de minha mãe quanto à parte retida da herança; ela me contou seus motivos, causas e as condições segundo as quais estaria disposta a abrir mão de tudo, e mais do que exigimos — em suma, não quero escrever sobre isso neste momento; diga à minha mãe que tudo sairá a contento. E, meu caro, descobri novamente neste pequeno negócio que os mal-entendidos e a indolência talvez provoquem mais equívocos no mundo do que a astúcia e a maldade. Ao menos estes dois últimos são, sem dúvida, mais raros.

Aliás, sinto-me muito bem aqui. A solidão é um delicioso bálsamo ao meu coração nesta região paradisíaca, e, nesta época de juventude, aquece com toda a força meu coração, frequentemente trêmulo. Cada árvore, cada sebe, forma um buquê de flores, e dá até vontade de virar joaninha para poder pairar em um mar de aromas benfazejos e nele poder encontrar todo o nosso alimento.

A cidade em si é desagradável, mas no entorno existe uma beleza natural que é inexprimível. Foi o que levou o falecido conde de M. a criar um jardim sobre uma das colinas que se cruzam com a mais bela diversidade e compõem os vales mais adoráveis. O jardim é simples e, logo na entrada, sentimos que o terreno não foi projetado por um jardineiro profissional, e sim por um coração sensível, que desejava ele mesmo desfrutar deste lugar. Já derramei um tanto de lágrimas pelo falecido no quartinho dilapidado que era seu lugar favorito, e também é o meu. Em breve, serei o senhor do jardim; conquistei a simpatia do jardineiro em poucos dias aqui, e ele não vai se sentir mal a respeito.

10 de maio

Um contentamento maravilhoso tomou conta de toda a minha alma, da mesma maneira que as doces manhãs de primavera das quais aproveito com todo o meu coração. Estou sozinho e me regozijo com minha vida nesta região, que foi criada para almas que são como a minha. Estou tão feliz, caríssimo, tão completamente imerso no sentimento de uma existência pacífica, que minha arte anda sofrendo com isso. Agora, eu não conseguiria desenhar, nem um rabisco sequer, e nunca fui um pintor tão grandioso quanto neste momento. Quando o aprazível vale se levanta ao meu redor, e o sol a pino descansa na superfície da escuridão impenetrável da minha floresta, e apenas alguns feixes se infiltram naquele santuário interior, então, eu me deito na grama alta perto do riacho e, mais próximo da terra, milhares de variadas lâminas da grama chamam a minha atenção; quando sinto o fervilhar do pequeno universo entre os talos, as inúmeras e inescrutáveis formas dos vermes, os mosquitinhos mais próximos do meu coração e constato a presença do Todo-Poderoso, que nos criou à Sua imagem, o sopro daquele que a todos ama, que nos carrega e mantém flutuando em eterno deleite... meu amigo! Quando o crepúsculo desce ao redor de meus olhos e o mundo em volta, e todo o céu repousa dentro de minha alma como a figura de uma mulher amada — então, muitas vezes anseio e penso: oh, se pudesse expressar isso de novo, se pudesse insuflar no papel aquilo que vive tão plenamente, tão calorosamente dentro de você, que viraria o espelho da sua alma, como sua alma é o espelho do Deus infinito! — meu amigo —, mas pereço por isso, e sucumbo sob o poder do esplendor dessas manifestações.

12 de maio

Não sei se espíritos ludibriadores estão pairando nesta região ou se é a imaginação calorosa e celestial em meu coração que torna tudo ao redor tão paradisíaco. Há uma fonte bem em frente ao vilarejo, uma fonte pela qual fico encantado como Melusina[1] e suas irmãs. Você desce uma pequena colina e se depara com

1 Do folclore europeu, um espírito feminino da água doce de rios e fontes sagradas. (N. do T.)

uma arcada; dela saem uns bons vinte degraus que descem a uma rocha de mármore de onde brota a água mais límpida. O pequeno muro lá em cima cria a borda, as árvores altas que cobrem o espaço ao redor, o frescor do local — tudo isso tem algo de indecente, algo de apavorante. Não passa um dia sequer sem que eu fique ali sentado por ao menos uma hora. Então, chegam as garotas da cidade para buscar água, atividade das mais inofensivas e necessárias, aquela que outrora as próprias filhas dos reis faziam. Quando fico ali sentado, a ideia patriarcal vive no entorno tão vigorosamente, de como eles, todos os patriarcas, encontram-se e arranjam casamentos no poço, e de como espíritos benevolentes flutuam ao redor de poços e nascentes. Ó, aquele que nunca conseguiu se refestelar no frescor de uma fonte depois de uma difícil caminhada em um dia de verão não consegue sentir empatia com essas sensações.

13 de maio

Você pergunta se deve enviar meus livros? Querido, eu lhe imploro, pelo amor de Deus, liberte-me deles! Não quero mais ser guiado, encorajado, entusiasmado, pois já basta o que este coração brame por si; o que preciso é de uma canção de ninar, e a encontrei em toda a sua plenitude no meu Homero. Quantas vezes embalei meu sangue insulto para acalmá-lo, já que ninguém nunca viu nada tão desigual, tão instável quanto este coração. Meu caro! Será que preciso lhe dizer isso, você que tantas vezes carregou o fardo de me ver passar da angústia à devassidão e da doce melancolia à paixão maliciosa? Também embalo meu pequeno coração como uma criança doente — toda vontade lhe é permitida. Não repasse estas palavras a ninguém, há pessoas que se ressentiriam de mim com isso.

15 de maio

As pessoas humildes do lugarejo já me conhecem e me adoram, principalmente as crianças. Fiz um comentário triste. No início, quando me reuni com elas e lancei perguntas amigáveis sobre isso e aquilo, algumas pensaram que eu queria ridicularizá-las e me despacharam de um jeito bem rude. Não permiti que isso me incomodasse, apenas senti o que muitas vezes observei de forma mais vívida: pessoas de alguma posição sempre guardarão uma distância fria do povo comum, como se acreditassem que perderiam algo caso se aproximassem dele; e, então, há os homens superficiais e os brincalhões maldosos que parecem se rebaixar para tornar sua arrogância ainda mais patente para o povo pobre.

Sei bem que não somos, nem podemos ser, desse modo, mas eu considero quem acredita que é necessário se distanciar do chamado populacho para manter o respeito tão censurável quanto um covarde que se esconde do inimigo porque teme ser derrotado.

Recentemente, cheguei ao poço e encontrei uma jovem criada que havia colocado seu recipiente no último degrau da escadaria e estava olhando ao redor para ver se alguma colega poderia ajudá-la a pôr o vaso sobre a cabeça. Desci e olhei para ela. “Posso ajudá-la, donzela?”, perguntei, e ela ficou toda enrubescida. “Ai, não, senhor!”, respondeu ela. “Não tem problema”, afirmei, e ela ajustou sua almofadinha na cabeça, e eu a auxiliei. Ela agradeceu e subiu as escadas.

17 de maio

Conheci toda a gente aqui, mas ainda não encontrei nenhuma companhia. Não sei o que de atraente eu devo ter para essas pessoas; muitas gostam mesmo de mim e são apegadas a mim, e, então, dói-me quando nossos caminhos se estendem juntos apenas por uma curta distância. Se você perguntar como são as pessoas daqui, vou lhe dizer o seguinte: são como em qualquer outro lugar! É algo uniforme que há na raça humana. A maioria passa a maior parte do tempo trabalhando para viver, e a pouca liberdade que lhe resta pesa-lhe tanto que recorre a todos os meios possíveis para se livrar dela. Ó, a determinação do homem!

Mas é gente muito boa! Quando, às vezes, esqueço-me de mim mesmo, às vezes, desfruto com essa gente as alegrias que ainda são concedidas aos seres humanos, como me divertir a uma mesa bem-posta com toda a franqueza e sinceridade, organizar um passeio, um baile no momento certo, e coisas assim; isso tem um efeito muito bom sobre mim; mas não aprecio quando me ocorre que existem tantas outras forças no meu íntimo, todas elas apodrecendo sem ser usadas, e que preciso esconder de maneira cuidadosa. Ah, como isso oprime tanto o coração! E, mesmo assim, ser mal compreendido é o destino daqueles que são como nós.

Ah, por que a amiga de minha juventude se foi; ah, por que eu a conheci? Eu diria: você é um tolo! Você busca o que não pode ser encontrado aqui! Mas eu a tive, senti o coração, a grande alma, em cuja presença eu parecia ser mais do que era, porque eu era tudo o que podia ser. Meu bom Deus! Uma única força da minha alma continuou sem ser utilizada? Não pude desenvolver diante dela o sentimento maravilhoso com que meu coração abraça a natureza? Não era a nossa lida um eterno tecer do sentimento mais fino, do raciocínio mais aguçado, cujas modificações, até mesmo ao ponto dos maus hábitos, eram todas estampadas com a marca da genialidade? E agora!... Ah, os anos com que ela contava lá adiante a levaram ao túmulo antes de mim. Nunca vou esquecê-la, nunca vou esquecer sua consciência firme e tolerância divina.

Poucos dias atrás, encontrei o jovem V., um rapaz de mente aberta, com as feições muito felizes. Ele acabou de sair da academia e, na verdade, não se considera sábio, porém ainda acredita que sabe mais do que os outros. Também era diligente, como posso perceber por todo tipo de coisa; em suma, tem um tanto de cultura. Como soube que eu desenhava muito e sabia grego (duas raridades neste país, como meteoros), recorreu a mim e desenterrou muitos conhecimentos, de Batteux a Wood, passando por De Piles a Winckelmann, e me garantiu que leu toda a teoria de Sulzer, a primeira parte dela, e que possui um manuscrito de Heynen sobre o estudo da antiguidade. Eu deixei que falasse.

Conheci também um homem virtuoso, o oficial de justiça[2] do principado, uma pessoa aberta e de coração leal. Dizem que é uma alegria para a alma vê-lo entre os filhos, que são nove ao todo; em especial, há muitos comentários sobre a filha mais velha. Ele me pediu para ir até a casa dele, e eu quero visitá-lo o mais rápido possível. Ele mora em um principesco pavilhão de caça a uma hora e meia daqui, para o qual recebeu permissão para se mudar após a morte da esposa, considerando que ficar aqui na cidade e na casa do oficial de justiça se tornara doloroso demais para ele.

No mais, deparei pelo caminho com algumas personagens grotescas, nas quais tudo é insuportável, sobretudo as demonstrações intoleráveis de amizade.

Cuide-se! Você vai apreciar a carta, pois tem muitas histórias.

22 de maio

A vida humana parece para alguns como se fosse apenas um sonho, e esse é um sentimento que me acompanha também. Quando encaro a limitação em que estão confinadas as forças

2 Também chamado de bailio, representante das províncias, fiscal, entre outros. (N. do T.)

ativas e perscrutadoras do homem, quando vejo como todas as ações vão na direção de se obter a satisfação de necessidades que não têm outra finalidade senão prolongar nossa pobre existência, e, então, que toda a tranquilidade sobre certos pontos de investigação é apenas uma resignação sonhadora, uma vez que as paredes entre as quais estamos confinados são pintadas com figuras coloridas e paisagens luminosas — tudo isso, Wilhelm, me emudece. Volto-me para dentro de mim e encontro um mundo! De novo, mais em intuição e desejo sombrio do que em representação e força vibrante. E, então, tudo paira diante de meus sentidos, e eu continuo sorrindo para o mundo em meio aos meus sonhos.

Todos os professores e preceptores da corte altamente instruídos concordam que as crianças não sabem por que desejam; mas que os adultos também saem aos tropeços nesta terra, da mesma forma que as crianças e, como elas, não sabem de onde vêm nem para onde estão indo, tão pouco agem de acordo com propósitos verdadeiros, e são igualmente orientados por biscoitos, bolos e ramos de bétula: ninguém quer acreditar nisso, e me parece que é algo bem tangível.

Confesso-lhe com prazer, pois sei o que você gostaria de me dizer na sequência, que os mais felizes são aqueles que, assim como as crianças, vivem o dia da maneira como se lhes apresenta, carregam para todo lado suas bonecas, despindo-as e as vestindo, e se esgueiram com muito respeito ao redor da gaveta na qual a mamãe deixou o pão doce; e, quando finalmente conseguem o que querem, devoram-no enchendo as bochechas e gritam: "Mais!" — essas são criaturas felizes. Também é bom para aqueles que dão títulos esplêndidos às suas reles atividades ou mesmo às suas paixões, e as divulgam à raça humana como operações gigantescas para sua salvação e bem-estar — bom para aqueles que conseguem ser assim! Mas quem, na sua humildade, reconhece onde tudo desemboca, quem vê o quanto é bem-comportado cada cidadão, sabe como transformar seu pequeno jardim num paraíso, e com quanto destemor mesmo o infeliz avança carregando um fardo, e como todos estão interessados do mesmo modo em ver a luz deste sol por mais um minuto — sim, essa pessoa fica em silêncio e molda seu mundo a partir de si mesmo e também fica feliz por ser humano. E, então, por mais limitado que seja, guarda sempre no coração o doce sentimento de liberdade e de que consegue abandonar essa masmorra quando desejar.

26 de maio

Há muito que você conhece minha maneira de me abrigar, descobrir uma cabaninha em algum lugar agradável e ali me hospedar com todas as restrições necessárias. Aqui também encontrei um lugar que me atraiu.

A cerca de uma hora da cidade fica um local que chamam de Wahlheim.[3,4] A localização numa colina é muito interessante e, quando se percorre a trilha até o vilarejo, de repente se avista todo o vale. Uma boa hospedeira, simpática e alegre para sua idade, serve vinho, cerveja, café; e, o mais importante de tudo são as duas tílias que, com os ramos estendidos, cobrem a pracinha que fica em frente à igreja, rodeada a toda a volta por casas de camponeses, celeiros e quintais. Não foi fácil encontrar um lugar tão agradável, tão secreto, e mandei trazer da estalagem minha mesinha e minha cadeira, e ali tomo meu café e leio meu Homero. A primeira vez que por acaso passei por sob as tílias,

3 Que o leitor não se esforce para buscar os lugarejos aqui nomeados, pois fomos obrigados a mudar os nomes verdadeiros encontrados no original. (N. do A.)

4 A tradução literal de Wahlheim é "Lar adotivo" ou "Lar escolhido", e provavelmente não foi à toa que esse nome foi dado ao lugarejo pelo autor (ainda que exista uma cidade na Renânia-Palatinado chamada Wahlheim). (N. do T.)

numa bela tarde, achei a pracinha muito erma. Todos estavam no campo, apenas um menino de seus quatro anos se sentava ao chão e, diante dele, entre os pés, havia outra criança, de cerca de seis meses, sentada muito quieta, com os dois braços apoiados no peito do outro, de modo que lhe servia como uma poltrona. E, apesar da alegria com que ele olhava ao redor, estava tranquilo. A visão me agradou: acomodei-me num arado que estava à minha frente e desenhei aquela fraterna posição com muita satisfação. Acrescentei ao desenho a cerca próxima, uma porta de celeiro e algumas rodas de carroça quebradas, tudo enfileirado. Depois de uma hora, descobri que havia feito um desenho bem ordenado e muito interessante, sem acrescentar nada de minha mente. Isso fortaleceu minha resolução de, no futuro, ater-me apenas à natureza. Somente ela é infinitamente rica, e apenas ela forma o grande artista. Muito pode ser dito a favor das regras, tanto quanto pode ser mais ou menos dito de elogioso à sociedade burguesa. Um homem que se molda de acordo com elas nunca produzirá nada ruim ou de gosto duvidoso, assim como aquele que se deixa moldar pelas leis e pelo bem-estar nunca pode se tornar um vizinho intolerável, nunca um vilão notável. Por outro lado, qualquer regra, seja lá o que se diga delas, destruirá o verdadeiro sentimento da natureza e sua verdadeira expressão! Se você, meu amigo, disser: "Isso é duro demais! Ela apenas restringe, poda as vinhas etc.", então, posso lhe fazer uma comparação? Isso aqui é como acontece com o amor. Um coração jovem está completamente apegado a uma moça, passa todas as horas do dia com ela, desperdiça todas as forças, todos os bens, para lhe expressar a cada momento que está totalmente entregue a ela. E, então, um filisteu, um homem que tem um cargo público, viria até ele e lhe diria: "Meu bom e nobre jovem! Amar é humano, apenas é necessário amar de maneira humana! Divida suas horas, deixe algumas delas para o trabalho, e as horas de descanso dedique à sua moça. Calcule seus bens, e o que for excedente de suas necessidades; não vou impedir que lhe dê um presente, apenas não o faça com tanta frequência, por exemplo, no aniversário dela, no dia de seu santo de devoção etc. Se essa pessoa seguir os conselhos, teremos aí um jovem útil, e eu mesmo gostaria de aconselhar qualquer dos governantes a lhe dar um cargo em um conselho; porém, aí terá acabado seu amor, e, caso ele seja um artista, também sua arte. Ó, meus amigos! Por que a torrente do gênio irrompe tão raramente, tão raramente corre em uma grande enchente e abala sua alma atônita? Caros amigos, ali vivem, nas duas margens, os cavalheiros serenos, cujas estufas, canteiros de tulipas e campos de couve pereceriam e que, portanto, sabem dissipar a tempo, com diques e desvios, os ameaçadores perigos vindouros.

27 de maio

Do modo como enxergo, eu acabei caindo na armadilha da empolgação, das comparações e declamações, e me esqueci de contar o que aconteceu com as crianças. Fiquei sentado em meu arado por umas boas duas horas, completamente absorto na sensação pitoresca que minha carta de ontem explica de forma bem fragmentada. Mais ou menos no fim da tarde, uma jovem com um cesto no braço se aproxima das crianças, que nesse meio-tempo não haviam se movido, e chama de longe: "Philip, você é muito bonzinho". Ela me cumprimentou, eu a cumprimentei, levantei-me, cheguei mais perto e perguntei se ela era a mãe das crianças. Ela respondeu que sim e, enquanto entregava ao maiorzinho metade de uma broa, tomou o pequeno no colo e o beijou com todo o amor maternal. "Deixei o pequeno com meu Philipp", explicou ela, "e fui até a cidade com meu mais velho para buscar pão branco, açúcar e uma panelinha de barro para cozinhar mingau." Vi tudo aquilo na cesta, cuja tampa havia caído. "Quero fazer uma sopa ao meu Hans (este era o nome do mais novo) para o jantar; o avoado do mais velho quebrou minha panela ontem, quando estava disputando com Philipp a raspinha do mingau." Perguntei sobre o mais velho, e ela mal havia me contado que ele estava perseguindo alguns gansos na campina quando ele chegou saltitando e trazendo para o segundo um ramo de avelaneira. Continuei a conversar com a mulher e descobri que ela era filha do professor, e que o marido dela tinha feito uma viagem à Suíça para buscar a herança que um primo havia deixado. "Eles quiseram enganá-lo", disse ela, "e não respondiam às cartas que ele enviou, por isso foi até lá pessoalmente. Não recebi notícias dele, espero que não tenha sofrido nenhum infortúnio." Foi difícil para mim me afastar da mulher, então dei um a moeda a cada uma das crianças, inclusive dei a ela uma que era para o mais novo, para que lhe comprasse uma broa para acompanhar a sopa quando ela fosse à cidade, e assim nos separamos.

Eu lhe digo, meu querido, quando meus sentidos não suportarem mais, todo o tumulto será atenuado pela visão de uma criatura dessas, que avança no estreito círculo de sua existência com uma feliz tranquilidade, vencendo dificuldades um dia após o outro, vendo as folhas caírem das árvores, sem pensar nada a respeito, a não ser que o inverno se aproxima.

Desde então, tenho ficado muito ao ar livre. As crianças se acostumaram totalmente comigo, ganham torrões de açúcar quando tomo café e, à noite, partilham comigo pão com manteiga e coalhada. Aos domingos, nunca falta um centavo e, se eu não estiver lá após o horário da oração, a dona da hospedaria está instruída a lhes dar as moedas.

Tornaram-se íntimas, contam-me todo tipo de coisa, e eu me divirto especialmente com suas paixões e os arroubos simplórios de ciúme quando mais crianças do vilarejo se reúnem conosco.

Custou-me um grande esforço acalmar a preocupação da mãe de que as crianças poderiam me incomodar.

30 de maio

O que lhe contei há pouco sobre a pintura certamente também se aplica à poesia; basta que as pessoas reconheçam o que é excelente e se atrevam a expressá-lo, e isso, claro, significa dizer muito com pouco. Presenciei hoje uma cena que, se puramente transcrita, daria o idílio mais lindo do mundo, mas qual o sentido da poesia, da cena e do idílio? Sempre será preciso que seja artificial se quisermos participar de um fenômeno da natureza?

Se você espera muita elevação e distinção neste início, de novo foi cruelmente enganado; o que me fez irromper nesse sentimento tão vívido foi nada mais do que um jovem camponês. Como sempre, contarei uma história mal-ajambrada, e, como sempre, creio eu, você achará que sou exagerado; de novo, esta é Wahlheim, e sempre Wahlheim, que produz tais raridades.

Algumas pessoas estavam lá fora, embaixo das tílias, tomando café. Como essa turma não era adequada para mim, arranjei um pretexto e fiquei para trás.

Um jovem camponês saiu de uma casa vizinha e se ocupou consertando algo no arado que eu havia desenhado recentemente. Como suas maneiras me agradaram, entabulei conversa com ele e perguntei sobre suas condições. Logo fizemos amizade e, como costuma acontecer com esse tipo de gente, logo também ficamos próximos. Ele me contou que estava a serviço de uma viúva e que ela o tratava bastante bem. Ele falava tanto dela e a elogiava de tal forma que pude perceber rapidamente que lhe era devotado de corpo e alma. Ele comentou que ela não era mais jovem, havia sido maltratada pelo primeiro marido, não quisera mais se casar. Na história dele, ficou tão óbvio o quanto era linda e encantadora para ele, o quanto ele desejava que ela o escolhesse para apagar as lembranças dos maus-tratos do primeiro marido, que eu precisaria repetir palavra por palavra para lhe deixar claro a afeição pura, o amor e a lealdade desse rapaz. Sim, eu precisaria ter o dom do maior poeta para poder representar de maneira vívida a expressão de seus gestos, a harmonia da sua voz, o fogo secreto de seu olhar. Não, nenhuma palavra expressa a ternura que havia em todo o seu ser e em sua expressão; tudo o que eu pudesse apresentar aqui seria apenas desastrado. Fiquei especialmente comovido ao saber como ele temia que eu pensasse outra coisa de seu relacionamento com ela e duvidasse da boa índole da mulher. Consigo apenas repetir, no mais íntimo da minha alma, o quanto era deslumbrante quando ele falava da figura da mulher, de seu corpo, que, sem nenhum dos encantos juvenis, atraía-o de um jeito violento e o cativava. Nunca em minha vida, vi o desejo urgente, a vontade ardente e saudosa em tamanha pureza; posso até mesmo dizer que nunca nem sequer pensei tampouco sonhei com tal pureza. Não me repreenda se eu lhe disser que a lembrança dessa inocência e verdade queima como brasa no mais íntimo de minha alma, e que a imagem dessa lealdade e ternura me persegue por toda parte, e que, como que inflamado por ela, anseio e sucumbo.

Agora, quero tentar encontrá-la o quanto antes, ou, melhor, quando penso nisso de verdade, quero evitar fazê-lo. É melhor que eu a veja pelos olhos de seu adorador; talvez ela não se mostre perante meus próprios olhos como a vejo diante de mim agora, e qual o motivo para eu estragar a bela imagem?

16 de junho

Por que não escrevo para você? — você me pergunta — e também é um dos sábios. Deveria adivinhar que estou bem, e... em suma, conheci uma pessoa que toca meu coração em profundidade. Eu... eu não sei.

Vai ser difícil contar de modo ordenado como aconteceu de eu conhecer uma das criaturas das mais adoráveis. Estou satisfeito e contente e, por isso, não serei um bom contador de histórias.

Um anjo! Ora essa! Todo mundo diz isso de suas preferidas, certo? E, ainda assim, não sou capaz de lhe dizer como ela é perfeita, por que ela é perfeita; basta lhe dizer que ela tomou de assalto todos os meus sentidos.

Tanta simplicidade com tanta compreensão, tanta bondade com tanta firmeza, e a paz da alma em meio a tanta vida real e atividade. Tudo isso são tolices vãs que falo dela, abstrações vexatórias que não expressam nenhum traço sequer do seu ser. Em outro momento... Não, não em outro momento, quero lhe contar sobre isso agora mesmo. Se não o fizer agora, não vai ocorrer nunca. Pois, cá entre nós, desde que comecei a escrever, já estive três vezes a ponto de largar a pena, mandar selar o cavalo e sair para cavalgar. E, no entanto, jurei para mim mesmo nesta manhã que não sairia a cavalo e, em vez disso, vou até a janela a todo momento para ver a que altura o sol está. Não consegui me conter, tive que sair para ir até ela. Aqui estou eu de novo, Wilhelm, quero comer meu pão com manteiga da noite e lhe escrever. Que alegria para minha alma a ver rodeada por suas crianças queridas e animadas, seus oito irmãos! Se eu continuar desse jeito, ao fim deste escrito, você estará tão inteirado quanto estava no início dele. Pois bem, ouça-me, quero me forçar a entrar em detalhes.

Escrevi-lhe faz pouco tempo sobre como conheci o oficial de justiça S. e como ele havia me pedido para visitá-lo tão logo quanto possível em seu eremitério, ou melhor dizendo, em seu pequeno reino. Eu negligenciei esse pedido, e talvez nunca fosse até lá se o acaso não tivesse me revelado o tesouro que se mantém escondido naquela região tão tranquila.

Nossos jovens organizaram um baile no campo, ao qual concordei em comparecer. Ofereci companhia a uma garota daqui mesmo, boa, bonita, mas insignificante, e ficou combinado que eu deveria tomar um coche, ir até o local do baile com meu par e sua prima e, no caminho, buscar também Charlotte S. "O senhor vai conhecer uma mulher linda", disse meu par enquanto seguíamos pela vasta e ampla floresta até o pavilhão de caça. "Muito cuidado", comentou a prima "para não se apaixonar!" "Por quê?", perguntei eu. "Já está prometida", respondeu, "para um homem muito correto que viajou para colocar as coisas em ordem, porque o pai morreu, e para requisitar uma herança generosa." Para mim, aquela mensagem chegou com muita indiferença.

O sol ainda estava a quinze minutos de mergulhar nas montanhas quando chegamos ao portão do local. Estava muito abafado, e as mulheres mostraram preocupação com uma tempestade que parecia estar se formando em nuvens opacas e branco-acinzentadas no horizonte. Afastei esses receios com pretensos conhecimentos meteorológicos, embora eu próprio começasse a suspeitar que nossa diversão passaria por um temporal.

Saí do coche, e uma criada, que veio até o portão, pediu-nos que esperássemos um pouco porque a dona Lottinha já estava vindo. Atravessei o pátio até a casa bem construída e, ao subir as escadas e cruzar pela porta, presenciei o espetáculo mais encantador que já tinha visto. Na antessala, seis crianças, de onze a dois anos, aglomeravam-se em torno de uma garota de bela figura, estatura mediana, que usava um vestido branco simples com laços vermelho-claros nos braços e no peito. Ela segurava um pão preto e partia um pedaço para cada um dos pequeninos ao seu redor, de acordo com a idade e o apetite. Entregava-o a cada um com tanta gentileza, e cada um gritava "obrigado" tão naturalmente, estendendo as mãozinhas no alto bem antes de seu pedaço ser partido. Então, eles saíam felizes e saltitantes com seu jantar ou, se o caráter fosse mais tranquilo, afastavam-se calmamente em direção ao portão do pátio para ver os estranhos e o coche em que sua Lotte devia partir. "Peço desculpas", disse ela, "por tê-lo incomodado e ter deixado as moças aguardando lá fora. Enquanto eu me vestia e cuidava de todo gênero de afazer doméstico para quando estivesse ausente, esqueci-me de dar o lanche da tarde para minhas crianças, e elas não aceitam que ninguém mais parta seu pão a não ser eu."

Fiz-lhe um elogio trivial; toda a minha alma estava comovida por aquela figura, o tom, o comportamento, e mal tive tempo de me recuperar da surpresa quando ela irrompeu na sala para pegar as luvas e o leque. Os pequenos olhavam-me de soslaio, a certa distância, e eu me aproximei do mais novo, que era uma criança com o rosto dos mais felizes. Ele estava recuando quando Lotte saiu pela porta e disse: "Louis, dê a mão ao primo". O menino fez isso sem nenhuma reserva, e eu não consegui resistir e lhe dei um beijo caloroso, sem nem sequer me importar com aquele narizinho sujo.

"Primo?", disse eu, estendendo a mão. "Acha mesmo que sou digno da felicidade de ser seu parente?" "Ó!", exclamou ela com um sorriso casual. "Nossa relação de primos vem de muito longe, e eu ficaria triste se você fosse o pior deles." Enquanto caminhava, ela confiou à Sophie, a irmã mais velha, uma garota com cerca de onze anos, a tarefa de cuidar bem das crianças e cumprimentar o papai quando ele voltasse para casa do passeio a cavalo. Aos pequenos, ela disse que obedecessem à irmã Sophie como se fosse ela mesma, ao que alguns deles expressamente prometeram. No entanto, uma loirinha esperta, no auge dos seus seis anos, falou: "Mas não é você, Lottinha, preferimos você". Os dois meninos mais velhos haviam subido na traseira do coche e, a pedido meu, ela permitiu que fossem junto até a floresta se eles prometessem não se provocar e se segurar firme.

Mal havíamos nos acomodado dentro do coche, as mulheres se cumprimentado, fazendo comentários alternados sobre os trajes, principalmente os chapéus, e de passar em revista a companhia que em breve teríamos, quando Lotte solicitou que o cocheiro parasse e os irmãos descessem. Eles novamente pediram para lhe beijar a mão; o mais velho o fez com toda a ternura que pode se esperar dos quinze anos, o outro, com muita tempestuosidade e imprudência. Ela cumprimentou os pequenos mais uma vez, e então seguimos em frente.

A prima perguntou se ela havia terminado o livro que lhe enviara recentemente. "Não", respondeu Lotte, "não gostei dele, pode levá-lo de volta. O anterior não era melhor que esse." Fiquei espantado quando perguntei que gênero de livro era, e ela me respondeu...[5] Encontrei tanto caráter em tudo o que ela disse, vi novos estímulos em cada palavra, novos raios de espírito irromperam de seus traços, que aos poucos pareciam se transformar com prazer porque ela sentia que eu a compreendia.

"Quando eu era mais jovem", disse ela, "não havia nada que eu amasse mais do que os romances. Deus sabe como me sentia bem quando podia me sentar num cantinho daqueles aos domingos e participar com todo o empenho das alegrias e infortúnios de uma Miss Jenny.[6] Também não nego que essa espécie de livro ainda me encanta de algum jeito. Mas como raramente um livro chega às minhas mãos, ele precisa ser do meu agrado. E meu autor favorito é aquele em quem reencontro meu mundo, que se porta como eu e cuja história se torna tão interessante e sincera para mim quanto minha própria vida doméstica, que obviamente não é nenhum paraíso, porém, de forma geral, é uma fonte de felicidade indescritível."

Tentei disfarçar meus movimentos com essas palavras. Claro, não consegui segurar tanto tempo, porque, quando a ouvi falar de modo tão sincero do vigário de Wakefield[7]..., fiquei completamente fora de mim, contei-lhe tudo o que tinha para dizer e, apenas

5 Foi necessário excluir este trecho da carta para não dar oportunidade a ninguém de fazer uma reclamação. Ainda que, no fundo, um autor dará pouca importância à opinião de uma única garota, e, ainda por cima, uma tão jovem. (N. do A.)

6 Lançado em 1764, dez anos antes deste livro, *Histoire de Miss Jenny* é uma obra de Marie-Jeanne Riccoboni (1713-1792), atriz, escritora e editora francesa. (N. do T.)

7 Também aqui o nome de alguns autores nacionais foi excluído. Quem se juntar aos aplausos de Lotte quando ler este trecho com certeza sentirá em seu coração, e, do contrário, ninguém precisa ficar sabendo. (N. do A.)

após determinado tempo, quando Lotte voltou a conversa para as outras moças, percebi que elas estavam sentadas ali aquele tempo todo de olhos abertos, mas era como se não estivessem. A prima me olhou mais uma vez com um narizinho zombeteiro, mas eu não dei a mínima importância.

A conversa se voltou para o prazer da dança. "Se essa paixão é um erro", comentou Lotte, "fico feliz em confessar a vocês que não conheço nada que esteja acima da dança. E, quando tenho algo que me pesa a cabeça, toco uma contradança no meu piano desafinado, e tudo volta a ficar bem."

Como eu me deleitava com aqueles olhos pretos durante a conversa — como os lábios vivazes e o rosto fresco e animado atraíam toda a minha alma —, como, completamente mergulhado no espírito extraordinário de sua fala, muitas vezes eu nem sequer ouvia as palavras com que ela se expressava... Você tem uma ideia disso porque me conhece. Em suma, saí do coche como um sonhador quando estacionamos em silêncio em frente à casa de veraneio, e fiquei tão absorto em sonhos naquele mundo crepuscular que mal prestei atenção à música que chegava até nós, ecoando do salão iluminado.

Os dois senhores, Audran e certo N.N. — quem consegue guardar todos esses nomes —, que eram o par da prima e de Lotte, receberam-nos no estribo do coche, apossaram-se das parceiras, e eu conduzi a minha para o salão.

Entrelaçamo-nos em minuetos; convidei uma dama após a outra, e as mais intoleráveis não conseguiam estender a mão e acabar logo com aquilo. Lotte e seu par começaram uma contradança inglesa, e você pode imaginar como fiquei feliz quando, em seguida, ela se juntou a nós para bailar. Vê-la dançar é um imperativo! Olha, ela deposita todo o coração e a alma na dança, todo o corpo uma harmonia tão despreocupada, tão livre, como se dançar fosse realmente tudo, como se ela não pensasse em mais nada, não sentisse mais nada; e, nesse momento, certamente todo o restante deve desaparecer diante dela.

Convidei-a para a segunda contradança; ela aceitou a terceira e, com a franqueza mais amável do mundo, garantiu que gostava muito de dançar à alemã. "Aqui é costumeiro", continuou ela, "que todo par que está dançando antes continue junto para dançar à alemã, e meu par valsa muito mal e me agradeceu quando eu o poupei dessa trabalheira. Seu par também não sabe dançar assim e não gosta, e vi que você valsa bem à inglesa; se agora quiser ser meu parceiro na dança à alemã, então vá até lá e peça ao meu par, e eu vou falar com a sua parceira." Concordei com ela, e combinamos que, nesse meio-tempo, o par dela deveria entreter a minha parceira.

Então, a contradança começou, e nos divertimos por um tempo com vários entrelaçares de braços. Com que encanto, com que faceirice ela se movia! E, quando começamos a valsar uns em torno dos outros como esferas, as coisas ficaram um pouco confusas no início, porque pouquíssimas pessoas sabem dançar assim. Fomos astutos e deixamos que se divertissem, e quando os mais desajeitados saíram da pista de dança, voltamos e retomamos de forma corajosa com outro casal, Audran e a parceira. Nunca foi tão fácil para mim me mover. Eu não era mais um ser humano. Ter a criatura mais adorável em meus braços e voar por ali com ela como o vento, de modo que tudo ao meu redor desaparecesse e... Wilhelm, para ser sincero, jurei que uma garota que eu amasse e pela qual tivesse sérias pretensões nunca deveria valsar com qualquer pessoa que não fosse eu, mesmo que tivesse que me arruinar por isso. Você me entenderá!

Demos alguns giros pelo salão para recuperar o fôlego. Então, ela se sentou; e as laranjas que eu havia separado, que agora eram as únicas que haviam sobrado, funcionaram perfeitamente, só que, a cada gomo que ela oferecia por educação a uma vizinha petulante, uma pontada me atravessava o coração.

Éramos o segundo casal na terceira dança à inglesa. Enquanto dançávamos na fileira — e eu, sabe Deus com quanta exultação, fixado em seu braço e em seus olhos, que estavam repletos da mais verdadeira expressão do mais livre e puro prazer —, deparamo-nos com uma mulher que havia chamado minha atenção pela expressão amável e pelo rosto não mais tão jovem. Ela olhou para Lotte com um sorriso no rosto, levantou um dedo ameaçador e mencionou de passagem o nome Albert duas vezes, em um tom muito sugestivo.

"Quem é Albert?", perguntei a Lotte, "se não for muito abuso perguntar." Ela estava prestes a responder quando tivemos que nos separar para fazer o grande oito, e pensei ter visto alguma reflexão na testa dela quando passamos um pelo outro. "Por que eu deveria negar a você?", disse ela, oferecendo-me a mão para um passeio. "Albert é um bom homem, de quem estou praticamente noiva." Aquilo não era novidade para mim (porque as garotas haviam me contado no caminho); no entanto, era uma completa novidade para mim, porque eu ainda não havia pensado nisso com relação a ela, que em tão pouco tempo havia se tornado tão valiosa para mim. Foi o bastante para eu me confundir, esquecer-me e ficar preso no meio do casal incompatível, de modo que tudo foi por água abaixo, e foram necessários toda a presença de espírito e os puxões de Lotte para organizar rapidamente as coisas.

A dança ainda não havia terminado quando luzes piscantes, que muito tempo antes já tínhamos visto cintilar no horizonte e que eu sempre confundira com relâmpagos, começaram a ficar muito mais fortes, e os trovões afogaram a música. Três mulheres saíram apressadas da fileira, seguidas por seu cavalheiro; teve início uma desordem generalizada, e a música parou. É natural que, quando um infortúnio ou algo terrível nos surpreende em meio ao prazer, isso nos cause uma impressão mais forte do que o normal; em parte, pelo contraste que pode ser sentido de maneira tão vívida, e, em parte, e ainda mais, porque nossos sentidos ficam mais palpáveis e, portanto, abraçam as impressões mais rapidamente. A essas causas, atribuo as maravilhosas caretas que se estamparam no rosto de várias daquelas mulheres. A mais esperta se sentou num canto de costas e escondeu a cabeça no primeiro colo feminino que avistou. Uma terceira se colocou entre as duas e abraçou a irmã mais nova em um mar de lágrimas. Alguns quiseram ir para casa; outros, que sabiam ainda menos o que estavam fazendo, não tiveram tanto bom senso para controlar o atrevimento de nossos jovens convivas, que pareciam muito ocupados com a tentativa de arrancar dos lábios das belas aflitas todas as preces apavoradas que se destinavam aos céus. Alguns dos nossos cavalheiros haviam descido para fumar cachimbo em paz, e o restante do nosso grupo não recusou quando a senhoria teve a brilhante ideia de nos levar para uma sala com venezianas e cortinas. Mal tínhamos chegado lá, e Lotte já estava ocupada arrumando um círculo de cadeiras e — quando o grupo, a pedido dela, sentou-se — preparando um jogo.

Vi algumas pessoas franzindo a boca e estendendo os membros, na esperança de uma prenda suculenta: "Vamos brincar de contar!", disse ela. "Agora, muita atenção! Andarei em círculo da direita para a esquerda, e, então, vocês também contam o número que lhes couber, e precisa correr como um rastilho de pólvora, e quem titubear ou errar leva um tapa na cara, e assim por diante, até chegarmos a mil." Foi engraçado assistir à explicação, com ela andando em círculos e um braço estendido. "Um", começou o primeiro, o vizinho, "dois", "três", o próximo, e assim sucessivamente. Então, ela começou a andar cada vez mais rápido, mais rápido, e alguém se perdeu: Páf! Um safanão na cara e, por cima do riso, o seguinte também: Páf! E a velocidade aumentava cada vez mais. Eu mesmo recebi duas bordoadas bem dadas, e percebi, com um prazer oculto, que tinham sido mais fortes do que aquelas que, em geral, ela desferia nas outras pessoas. Uma explosão de risadas e aplausos encerrou o jogo antes de os mil terem sido contados. As pessoas mais próximas se separaram, a tempestade passou, e eu segui Lotte até o salão. No caminho, ela disse: "Com as bofetadas no rosto, elas esqueceram do clima e de tudo o mais!". Não consegui responder nada. "Eu era uma das mais amedrontadas", continuou ela, "e, por me colocar de um jeito firme para encorajar os outros, acabei tomando coragem também." Fomos até a janela. Trovejava ao longe, e a chuva deliciosa gotejava ruidosa sobre a terra, e a fragrância mais refrescante subia até nós em toda a abundância de ar quente. Ela se postou ali, apoiada nos cotovelos, seu olhar penetrando a região; ela olhou para o céu e para mim, vi seus olhos cheios d'água; ela pousou a mão sobre a minha e disse: "Klopstock!"[8] Lembrei-me imediatamente da ode maravilhosa que estava nos pensamentos dela e mergulhei na torrente de emoções que ela despejou sobre mim com essa menção. Não aguentei, inclinei-me sobre a mão dela e a beijei com lágrimas das mais felizes. E encarei de novo os olhos dela... Nobre amigo! Se ao menos você tivesse visto seu endeusamento naquele olhar, e se eu pudesse nunca mais ouvir seu nome tantas vezes profanado em outros lábios!

19 de junho

Já não sei mais agora onde eu parei com aquela minha história. Sei que eram duas da manhã quando fui para a cama e que, se pudesse conversar com você em vez de escrever, poderia ter ficado até de manhã.

Ainda não contei o que aconteceu quando voltamos do baile e não tenho tempo para fazê-lo hoje.

Foi o mais lindo nascer do sol. A floresta gotejante e o campo refrescado ao redor! Nossas companheiras cochilaram. Ela me perguntou se eu também queria fazer parte do grupo, que eu

8 Menção ao poeta alemão Friedrich Gottlieb Klopstock (1724-1803), que compôs a famosa ode "Festa da Primavera", em cujo final se louva a Deus com emoção por conta da chuva benfazeja que cai. Esse é um momento importante em que Werther aparentemente percebe uma ligação também intelectual com Lotte, além da emocional. (N. do T.)

não deveria me preocupar com ela. "Enquanto eu vir esses olhos abertos", disse eu e a encarei com firmeza, "perigo não vai haver." E nós dois resistimos até ela chegar ao portão, que a empregada abriu em silêncio e em que garantiu, respondendo às suas perguntas, que o pai e os pequenos estavam bem e ainda dormiam. Então, deixei-a com o pedido de poder vê-la naquele mesmo dia; ela aquiesceu, e eu vim — e, desde então, o Sol, a Lua e as estrelas podem tranquilamente cumprir suas obrigações, pois não sei mais se é dia ou noite, e todo o mundo desaparece ao meu redor.

21 de junho

Passo dias tão felizes como aqueles que Deus reserva aos seus santos. E, aconteça o que acontecer comigo, não posso dizer que não tenha desfrutado das alegrias, das mais puras alegrias da vida. Você conhece Wahlheim, onde estou completamente estabelecido. De lá levo apenas meia hora até chegar à casa de Lotte; lá eu me sinto eu mesmo e toda a felicidade que é permitida ao ser humano.

Nunca eu imaginaria, quando escolhi Wahlheim como destino de meus passeios, que ficaria tão perto do céu! Quantas vezes vi o pavilhão de caça, que agora encerra todos os meus desejos, nas minhas longas caminhadas, ora da montanha, ora da planície do outro lado do rio!

Caro Wilhelm, tenho refletido sobre muitas coisas, sobre o desejo das pessoas de se expandir, fazer novas descobertas, passear à toa; e, ainda, sobre o impulso interno de se render voluntariamente às restrições, de seguir em frente nos trilhos do hábito e não se preocupar nem com as curvas à direita nem à esquerda.

É maravilhoso: como cheguei aqui e olhei da colina para o lindo vale, como essa vista me atraiu por toda parte ao redor.

Ali, o bosque! Ah, se você pudesse se misturar a suas sombras! Lá, o topo da montanha! Ah, de lá você poderia avistar ao longe a vasta região! As colinas encadeadas e os vales tão familiares! Ó, neles eu poderia me perder! Fui apressado até lá e voltei, sem ter encontrado o que eu esperava. Ó, a distância é como o futuro! Um grande e crepuscular vazio repousa diante de nossa alma, nossas sensações se turvam nele como nossos olhos, e ansiamos, ah, dedicar todo o nosso ser, deixar que toda a alegria de um sentimento único, grandioso e magnífico nos preencha... E, ah! Quando corremos para lá, quando o lá vira o aqui, tudo é como era antes, e ficamos na nossa pobreza, na nossa limitação, e nossa alma anseia por esse bálsamo que nos escapou.

Então, o errante mais inquieto finalmente anseia pela pátria e encontra, em sua cabana, aninhado ao busto da esposa, rodeado pelos filhos, nos negócios que trazem seu sustento, a alegria que buscou em vão no vasto mundo.

Quando parto para Wahlheim pela manhã, ao nascer do sol, e colho minhas ervilhas-tortas no jardim da estalagem, eu me sento, puxo seus fios e, enquanto isso, leio meu Homero; quando escolho uma panela na pequena cozinha, parto a manteiga, deixo as ervilhas no fogo, tampo e me sento por ali para vez ou outra sacudi-las: então eu me sinto tão vividamente como os pretendentes de Penélope, confiantes em demasia, estão abatendo, partindo e assando bois e porcos. Não há nada que me preencha de sentimentos tão serenos e verdadeiros como as características da vida patriarcal, que, graças a Deus, consigo incorporar ao meu modo de vida sem afetação.

Como estou feliz por meu coração poder sentir o prazer simples e inofensivo de quem leva à mesa um repolho que ele mesmo cultivou, e que agora não desfruta somente do repolho, e sim de todos os dias bons, da linda manhã na qual o plantou, das noites agradáveis em que o regou e de quando se alegrou com seu crescimento progressivo, tudo isso em um único momento.

29 de junho

Anteontem, o médico saiu da cidade para atender ao oficial de justiça e me encontrou no chão entre as crianças de Lotte, algumas rastejando em cima de mim, outras me provocando, e, como eu estava fazendo cócegas nelas, arrancava-lhes uma imensa gritaria. O médico, que é uma marionete de arame deveras dogmática, dobrando os punhos da camisa enquanto fala e puxando uma prega infinita, achou aquela atitude menos do que digna para uma pessoa inteligente. Foi o que notei naquele franzir de nariz. Mas não deixei que nada me incomodasse, deixei que ele tagarelasse sobre questões muito sensatas e reconstruísse os castelos de cartas das crianças que elas haviam tombado. Então, ele percorreu a cidade e reclamou que os filhos do oficial de justiça já eram bastante travessos, e que agora Werther os estava arruinando por completo.

Sim, querido Wilhelm, nesta terra, as crianças estão mais próximas do meu coração. Quando olho para elas e vejo naquelas coisinhas as sementes de todas as virtudes, todas as forças de que um dia necessitarão tão desesperadamente; quando enxergo na obstinação a bravura e a firmeza de caráter futuras, na malícia, o bom humor e a facilidade em enfrentar os perigos do mundo, tudo tão intocado, tão íntegro! Repito sempre, sempre, as palavras de ouro do professor dos homens: "Se não vos transformardes e vos tornardes como uma destas!"[9], e então, meu amigo, aqueles que são nossos semelhantes, a quem deveríamos considerar nossos modelos, esses tratamos como súditos. Eles não devem ter nenhuma vontade! — E nós, temos alguma?

9 "Em verdade vos declaro: se não vos transformardes e vos tornardes como criancinhas, não entrareis no reino dos céus." Evangelho de Mateus, 18:3, passagem famosa em que Jesus, questionado por seus discípulos sobre quem seria o maior no reino dos céus, toma nos braços uma criança e a deixa no meio deles, apontando-a como o modelo a ser seguido e os exortando para que sejam humildes como ela. (N. do T.)

E onde está o privilégio? Porque somos mais velhos e mais sábios! — Meu bom Deus que estás no céu, cuide das crianças velhas e das crianças jovens, e nada mais; e teu filho já declarou, há muito tempo, quem te traz mais felicidade. Mas acreditam nele e não o ouvem — isso também já é antigo! — e moldam os filhos à própria imagem e... *Adeus,* Wilhelm! Não quero continuar tagarelando sobre isso.

1º de julho

O que Lotte deve significar para um doente, sinto no meu próprio coração, o que é pior do que muitas pessoas doentes definhando em um leito de hospital. Ela passará alguns dias na cidade na casa de uma mulher honesta, que, segundo os médicos, está próxima do fim e deseja que Lotte esteja perto dela nos momentos finais. Na semana passada, fui visitar o pastor de St..., lugarejo que fica a uma hora daqui, nas encostas das montanhas. Chegamos lá por volta das quatro. Lotte havia levado a segunda irmã consigo. Quando entramos no pátio da paróquia, que ficava à sombra de duas altas nogueiras, o bondoso velhinho estava sentado em um banco diante da porta de entrada e, quando viu Lotte, revitalizou-se, esqueceu a bengala nodosa e ousou se levantar para recebê-la. Ela correu até ele, obrigou-o a se sentar de novo e se acomodou ao lado dele; trouxe muitas saudações de seu pai, acarinhando o filho mais novo dele, um garotinho feioso e sujo, tagarela como convém à idade. Você tinha que vê-la — como distraía o ancião, levantava a voz para ser escutada por seus ouvidos meio surdos, contava-lhe sobre pessoas jovens e robustas que morriam inesperadamente, a excelência do balneário de Karlsbad, e como elogiava a decisão dele de ir até lá no próximo verão; como achava que a aparência dele estava muito melhor, muito mais animado do que da última vez que o vira; enquanto eu, nesse meio-tempo, prestava meus respeitos à esposa do pastor. O velho ficou bastante animado e, como eu não pude evitar de elogiar as belas nogueiras que nos davam uma sobra tão suave, ele começou a nos contar a história delas, embora com alguma dificuldade. "A mais antiga", disse ele, "nós nem sabemos quem a plantou. Alguns dizem que foi o pastor fulano, outros, que foi o pastor sicrano. Mas a mais nova lá atrás tem a mesma idade da minha esposa, faz cinquenta anos em outubro. O pai dela plantou pela manhã, e ela nasceu à noite. Foi meu predecessor no cargo, e é impossível dizer o quanto a árvore era querida para ele; sem dúvida, não é menos cara para mim. Minha mulher estava sentada embaixo dele, em uma viga, tricotando, quando vim aqui pela primeira vez como um pobre estudante, há vinte e sete anos." Lotte perguntou pela filha dele, e eles contaram que ela estava na campina com o senhor Schmidt para dar uma olhada nos trabalhadores. E o velho continuou sua história: como seu predecessor passou a gostar dele, e a filha também, e como ele primeiro se tornou vigário e, em seguida, seu sucessor. A história mal tinha terminado, quando a esposa do jovem pastor veio pelo jardim com o tal senhor Schmidt. Ela cumprimentou Lotte de forma bastante calorosa, e preciso lhe dizer que gostei bastante dela; morena, ágil e com um corpo bem constituído, que teria entretido qualquer um por um curto período no campo. Seu namorado (foi assim que o sr. Schmidt imediatamente se apresentou), uma pessoa boa, mas calada, que não quis interferir em nossas conversas, embora Lotte tentasse convidá-lo a participar. O que mais me entristeceu foi que pareci notar em seus traços que era mais a pertinácia e o mau humor do que a limitação intelectual que o impediam de participar da conversa. Infelizmente, esse fato só ficou claro mais tarde; pois quando Friederike saiu para caminhar com Lotte e, ocasionalmente comigo, o rosto do cavalheiro, que já era amorenado, visivelmente se obscureceu, de modo que era hora de Lotte puxar a manga da minha camisa e me fazer entender que eu estava sendo cortês demais com Friederike. Agora, nada me incomoda mais do que quando as pessoas atormentam umas às outras, especialmente quando jovens na flor da idade; quando poderiam estar mais abertos a todas as alegrias, estragam os poucos bons dias uns dos outros com caretas e, apenas tarde demais, percebem que não poderão mais compensar esse desperdício. Aquilo me incomodou e, quando voltamos à paróquia à noite e tomamos leite à mesa, não pude deixar de retomar o assunto e me colocar calorosamente contra o mau humor quando a conversa se voltou às alegrias e aos sofrimentos do mundo. "Nós, seres humanos, reclamamos com frequência", comecei, "que há tão poucos dias bons e tantos dias ruins, e, na minha opinião, na maioria das vezes isso é uma injustiça. Se tivéssemos sempre o coração aberto para desfrutar do bem que Deus prepara para nós todos os dias, então também teríamos forças para aguentar o mal quando ele chega." "Mas não temos controle da nossa mente", retorquiu a esposa do pastor, "muita coisa depende do nosso corpo! Se a pessoa não está se sentindo bem, não se sentirá bem em lugar nenhum." Concordei com ela. "Então", continuei, "vamos considerar isso uma doença e perguntar se não há um remédio para ela?" "É bem isso", disse Lotte, "ao menos eu acredito que depende muito de nós. Sei disso por mim mesma. Quando algo me incomoda e quer me deixar irritada, eu pulo e canto algumas contradanças pelo jardim, e esse incômodo vai embora em um instante." "Foi o que eu quis dizer", retruquei, "o mau humor é bem parecido com a indolência, porque é uma espécie de indolência. Nossa natureza é muito dependente e, no entanto, se tivermos forças para tomar coragem, o trabalho fica mais fácil e encontramos verdadeiro prazer na atividade." Friederike estava muito atento, e o jovem me contestou, dizendo que ninguém é dono de si mesmo e muito menos consegue controlar os próprios sentimentos. "Essa é a questão de uma sensação desagradável", respondi, "da qual todos gostaríamos de nos livrar; e ninguém sabe até onde vão as próprias forças até tentar usá-las. Certamente, quem estiver doente vai consultar todos os médicos, e não recusará as maiores privações nem remédios mais amargos, para manter a saúde que deseja." Notei que o íntegro ancião estava se esforçando para ouvir e participar de nossa conversa, por isso eu aumentei o tom da minha voz, voltando a conversa para ele. "Prega-se contra tantos vícios", comentei, "e eu nunca ouvi falar de alguém agindo contra o mau humor no púlpito." "Os pastores da cidade que precisariam fazer isso", comentou ele, "os camponeses não sofrem de mau humor. Mas não faria mal, às vezes, seria uma lição pelo menos para o oficial de justiça e a esposa." O grupo caiu na risada, e ele acompanhou com entusiasmo, até ter um ataque de tosse que por um tempo interrompeu nossa conversa. Em seguida, o jovem retomou a palavra: "O senhor chamou o mau humor de vício, o que acho um exagero." "De jeito nenhum", retruquei, "se aquilo prejudica a pessoa e seu semelhante merece esse nome. Não é suficiente que não possamos fazer um ao outro feliz, devemos também roubar uns dos outros o prazer que todo coração às vezes pode proporcionar a si mesmo? E me diga o nome de uma pessoa que está de mau humor e consegue escondê-lo com tanta habilidade, carregando-o sozinha sem destruir a alegria ao redor! Ou não será um ressentimento íntimo pela nossa própria indignidade, um descontentamento com nós mesmos, que está sempre ligado a uma inveja instigada por uma tola vaidade? Vemos pessoas felizes cuja felicidade não é obra nossa, e isso é insuportável." Lotte sorriu para mim porque viu como eu falava cheio de emoção, e uma lágrima nos olhos de Friederike me estimulou a continuar. "Ai daqueles", disse eu, "que usam o poder que têm sobre um coração para roubar dele as simples alegrias que brotam espontaneamente. Todos os presentes, todos os favores do mundo não são capazes de compensar um momento de prazer em si mesmo estragado pelo desconforto invejoso de um tirano."

Todo o meu coração ficou pleno naquele momento; a lembrança de muitos eventos passados marcou minha alma, e meus olhos ficaram cheios d'água.

"Quem diz isso a si mesmo todos os dias", exclamei, "não pode fazer nada por seus amigos, a não ser deixar que sejam felizes e aumentar sua felicidade, aproveitando-a com eles. Será que, quando a alma deles estiver torturada por uma paixão aterrorizante, destruída pela tristeza, você pode lhes dar uma gota de alívio? E quando a última e mais terrível doença atacar a criatura que você minou em seus dias de florescimento, e ela agora jazer ali, na mais lamentável exaustão, os olhos apáticos voltados ao céu, o suor da morte se alternando em sua testa pálida, e você em pé diante do leito como um condenado, com o sentimento mais profundo de que não pode fazer nada com todo o seu poder, e o medo o apertando tanto por dentro que você desejaria desistir de tudo para poder instilar uma gota de revitalização, uma centelha de coragem, na criatura que perece."

A lembrança dessa cena, na qual estive presente, recaiu ferozmente sobre mim com essas palavras. Levei o lenço aos olhos e me afastei do grupo, e apenas a voz de Lotte, que me chamou, dizendo que precisávamos partir, trouxe-me a mim mesmo. E como ela me repreendeu no caminho por ser muito fervoroso em tudo, e que eu poderia morrer por isso! Disse que eu deveria me poupar! Ó, anjo! Por você eu devo viver!

6 de julho

Ela fica sempre ao lado da amiga moribunda, e é sempre a mesma, sempre a criatura amável que, para onde quer que olhe, alivia as dores e traz alegria. Ontem à noite, ela foi passear com Mariane e a pequena Amalie; eu sabia disso e as encontrei, e passeamos juntos. Depois de caminhar por uma hora e meia, voltamos em direção à cidade, chegamos à fonte, que é tão preciosa para mim e, agora, mil vezes mais preciosa. Lotte se sentou na mureta, e nós ficamos diante dela. Olhei ao redor, e o tempo em que meu coração ficou tão solitário ressurgiu novamente diante de mim: "Querida fonte", disse eu, "desde então não descansei em seu frescor, de vez em quando passei por você às pressas, sem olhar." Olhei para baixo e vi a Amaliezinha chegando muito ocupada com um copo d'água. Olhei para Lotte e senti tudo o que tenho nela. Nesse momento Amaliezinha chegou com um copo. Mariane quis tirar dela: "Não!", gritou a criança com a expressão mais doce: "Não, Lottezinha, você precisa beber primeiro!". Fiquei tão encantado com a verdade, com a bondade com que ela exclamou aquilo, que não consegui expressar meu sentimento a não ser levantando a pequena do chão e a beijando com fervor, o que fez a criança imediatamente começar a gritar e chorar. "Você errou", disse Lotte. Eu fiquei consternado. "Vem, Amaliezinha", continuou ela, tomando-a pela mão e descendo as escadas da fonte com ela, "lave-se na fonte fresca, rápido, rápido, e vai ficar tudo bem." Fiquei ali, e observei a diligência com que a pequenina esfregava as mãozinhas molhadas, a fé de que, por intermédio de uma fonte milagrosa, toda impureza seria lavada e a desgraça de deixar crescer uma barba feia seria removida. Quando Lotte disse: "Chega!", a criança, no entanto, continuou se lavando com avidez, como se muito fosse melhor do que pouco — e eu lhe digo, Wilhelm, nunca assisti a uma cerimônia de batismo com tanto respeito; e, quando Lotte subiu as escadas, eu tive vontade de me prostrar diante dela como faria com um profeta que dissipara os pecados de uma nação.

Naquela noite, na alegria do meu coração, não pude deixar de contar o acontecido a um homem que acreditei estar familiarizado com a natureza humana, porque era compreensivo; mas como isso foi me ocorrer! Ele disse que fora muito ruim da parte de Lotte, que não se deve fazer as crianças acreditarem em nada, pois isso dá origem a inúmeros erros e superstições, dos quais devem ser protegidas desde muito cedo. Então, eu me lembrei de que o homem havia mandado batizar um filho oito dias atrás, por isso deixei para lá e permaneci fiel à verdade do meu coração:

devemos tratar as crianças como Deus nos trata, que nos deixa mais felizes quando nos permite adentrar cambaleantes em um delírio alegre.

8 de julho

Como somos crianças! Como ansiamos por um olhar desses! Como somos crianças! Fomos para Wahlheim. As mulheres partiram de coche e, enquanto caminhávamos, pensei nos olhos pretos de Lotte — sou um idiota, perdoe-me! Você devia vê-los, esses olhos. Serei breve (pois meus olhos estão se fechando de sono): eis que as mulheres subiram no coche, e ao redor da carruagem, estavam o jovem W., Selstadt, Audran e eu. Conversaram por alguns momentos com os rapazes, claro que estavam bastante leves e soltos. Procurei os olhos de Lotte: ah, eles iam de um para o outro! Mas não caíam em mim! Em mim! Em mim! Naquele que estava concentrado apenas nela, resignado! Meu coração disse adeus mil vezes para ela! E ela não me enxergava! O coche partiu, e uma lágrima brotou no meu olho. Acompanhei-a partindo e vi o enfeite de cabeça de Lotte se inclinando para fora da janela, e ela se virou para olhar, ah! Para mim? Meu caro! Pairo nessa incerteza; este é o meu conforto: talvez ela tivesse se virado para procurar por mim! Talvez! Boa noite! Ó, como eu sou criança!

10 de julho

Você deveria ver a cara de pateta que faço quando as pessoas falam dela em um grupo! Quando me perguntam se ela me agrada... se ela me agrada? Tenho ódio mortal dessa palavra. Que espécie de pessoa deve ser quem acha Lotte agradável, cujos sentidos e sensações ela não preenche por completo? Agrada! Agrada! Recentemente, alguém me perguntou se eu gostava de Ossian![10]

11 de julho

A senhora M. está muito mal. Rezo pela vida dela porque sofro com Lotte. Raramente, eu a vejo na casa de uma amiga, e hoje ela me contou uma história maravilhosa. O velho M. é um desgraçado mesquinho e cruel que atormentou e restringiu os direitos da esposa na vida, mas a mulher sempre soube como vencer as dificuldades. Há poucos dias, quando o médico finalmente a desenganou, ela mandou chamar o marido (Lotte estava no quarto) e se dirigiu a ele desta forma: "Tenho que lhe confessar uma coisa que poderia causar confusão e angústia após a minha morte. Até agora, assumi as tarefas domésticas da maneira mais organizada e econômica possível, mas você vai me perdoar por enganá-lo por trinta anos. No início do nosso casamento, você destinou uma pequena quantia para a lida com as despesas da cozinha e outros gastos domésticos. À medida que a nossa família se fortalecia e o nosso negócio crescia, não foi possível convencê-lo a aumentar proporcionalmente meu dinheiro da semana; resumindo, você sabe que, nos momentos em estava no auge, exigiu que eu mantivesse tudo com sete florins por semana. Aceitei sem fazer nenhuma objeção e retirei semanalmente o

10 Ossian é o suposto narrador e autor de um poema épico chamado *The Poems of Ossian*, publicado e teoricamente traduzido do gaélico escocês pelo poeta James Macpherson, em 1760. Baseia-se na história de Oisín, filho de Fionn mac Cumhaill, lendário bardo personagem da mitologia escocesa, e fez grande sucesso na época do lançamento. (N. do T.)

excedente do que entrava no negócio, pois ninguém desconfiaria que a esposa roubaria o caixa. Não desperdicei nada e teria partido confiante para a eternidade sem confessar isso, se não temesse que a responsável por cuidar da casa depois da minha ida não soubesse como se arranjar e você insistisse o tempo todo que sua primeira mulher conseguia se ajeitar muito bem com esse dinheiro".

Conversei com Lotte sobre a incrível cegueira da razão humana, de ninguém nem conseguir suspeitar de que algo deve estar errado quando alguém se vira com sete florins e a despesa talvez custe o dobro. Mas eu mesmo conheci pessoas que teriam aceitado a ânfora de azeite eterno[11] do profeta em sua casa sem surpresa.

13 de julho

Não, não estou me ludibriando! Li em seus olhos pretos a verdadeira simpatia por mim e meu destino. Sim, sinto, e nisso posso confiar em meu coração, que ela — ó, posso, consigo expressar o céu com estas palavras? — que ela me ama!

Ama-me! — E como me torno digno de mim mesmo, como eu — posso lhe dizer, você tem sensibilidade para tanto —, como eu mesmo me adoro, já que ela me ama!

Se isso é presunção ou um senso de relacionamento verdadeiro? Desconheço a pessoa que eu temia estar no coração de Lotte. E, ainda assim, quando ela fala do noivo, fala dele com tanto calor, com tanto amor, que me sinto como alguém que foi despojado de todas as honras e dignidade e de quem a espada foi arrancada.

11 Menção ao livro de Reis, capítulo 17, quando o profeta Elias é hospedado por uma pobre viúva e lhe concede uma ânfora de azeite que nunca termina. (N. do T.)

16 de julho

Ora, como o sangue corre em minhas veias quando meu dedo toca de repente o dela, quando nossos pés se encontram debaixo da mesa! Afasto-me como se fosse tocado por chamas, e uma força secreta me atrai para a frente de novo — sinto-me tão tonto em todos os meus sentidos, ó! E sua inocência, sua alma ingênua, não sente o quanto as pequenas intimidades me angustiam. Quando, durante uma conversa, ela pousa a mão sobre a minha e se aproxima de mim de modo que o sopro celestial de sua boca chega aos meus lábios, sinto como se eu estivesse afundando, como se tivesse sido atingido pela tempestade. E, Wilhelm! Se algum dia eu ousar romper esse céu, essa confiança...! Você me entende. Não, meu coração não é tão corrompido! Fraco! Tão fraco! E isso não é corrupção? Ela é sagrada para mim. Todo desejo silencia em sua presença. Nunca sei como me sinto quando estou com ela; é como se minha alma se revirasse em todos os meus nervos — ela tem uma melodia que toca no piano com a força de um anjo, tão simples e tão espiritual! É sua canção favorita, e me restabelece de todo o tormento, confusão e estranheza quando ela toca a primeira nota dessa canção.

Nem uma única palavra sobre o poder mágico da música antiga me parece improvável. Como uma simples canção me afeta! E como ela sabe tocá-la, muitas vezes no momento em que desejo enfiar uma bala na cabeça! A confusão e a escuridão da minha alma se dissipam, e eu respiro de novo com mais liberdade.

18 de julho

Wilhelm, o que é o mundo sem o amor para nosso coração! De que adianta uma lanterna mágica sem luz! Assim que se leva a lâmpada para dentro, as fotos mais coloridas surgem na sua parede branca! E, mesmo que não passassem de fantasmagorias temporárias, ainda nos deixam felizes quando ficamos diante delas como garotinhos e nos deliciamos com os fenômenos milagrosos. Hoje não pude visitar Lotte, uma companhia inevitável me impediu. O que eu deveria fazer? Mandei meu criado até lá, apenas para ter alguém por perto que hoje tivesse se aproximado dela. Com que impaciência o esperei, com que alegria o revi! Se não tivesse meus pudores, eu o teria segurado pela cabeça e o beijado.

Falam da "pedra de Bolonha", que, se deixada ao sol, atrai os raios e, à noite, ainda brilha por algum tempo. Assim me senti diante do rapaz. A sensação de que os olhos dela pousaram no rosto dele, nas bochechas, nos botões do casaco e na gola do sobretudo deixava tudo tão sagrado, tão valioso para mim! Eu não teria dado aquele rapaz nem mesmo por mil táleres naquele momento. Senti-me tão bem na presença dele... Meu Deus, que você não se ria disso. Wilhelm, quando nos sentimos bem, isso é apenas fruto de fantasmagorias?

19 de julho

"Eu vou vê-la!", exclamo pela manhã quando me animo e olho para o lindo sol com toda a alegria. "Eu vou vê-la!", e não desejo mais nada durante todo o dia. Tudo, tudo é engolido por essa perspectiva.

Ainda não concordo com sua ideia de que eu devo ir com o enviado do governo para... Não gosto muito da subordinação, e todos sabemos que o homem também é uma pessoa inconveniente. Você diz que minha mãe quer que eu seja ativo, o que me fez rir. Não estou ativo agora também, e não dá no mesmo se conto ervilhas ou lentilhas? Tudo no mundo se resume a golpes baixos, e uma pessoa que trabalha como um escravo, por dinheiro, honra ou qualquer outra coisa para o bem dos outros sem que seja por paixão ou necessidade própria, é sempre um tolo.

24 de julho

Como é tão importante para você que eu não negligencie meus desenhos, prefiro ignorar toda essa questão do que dizer que estou desenhando pouco no momento.

Jamais estive tão feliz, nunca antes meu sentimento pela natureza, até pelos seixos, até pela grama, foi tão pleno e íntimo, e ainda assim – não sei como me expressar, a força da minha imaginação é tão fraca, tudo paira, e minha alma se sacode tanto que não consigo riscar um contorno firme. Mas imagino que, se eu tivesse argila ou cera, poderia muito bem lhe dar um formato. Também vou pegar argila, se durar mais, e amassá-la – deveríamos ter bolos!

Comecei a fazer o retrato de Lotte três vezes e, por três vezes, envergonhei-me; o que me deixa ainda mais desgostoso, porque, há algum tempo, eu conseguia acertar muito bem. Então, fiz a silhueta dela, e isso é o suficiente para mim.

Sim, querida Lotte, vou ajeitar e preparar tudo, apenas me incumba de mais tarefas, com bastante frequência. Uma coisa apenas lhe peço: chega de areia nos bilhetes que me escreve. Hoje levei um rapidamente aos lábios, e meus dentes estalaram.

26 de julho

Às vezes, tenho como intenção não vê-la com tanta frequência. Mas quem conseguiria manter essa promessa? Todos os dias, sucumbo à tentação e prometo a mim mesmo, com toda a fé: amanhã você ficará longe. E, quando chega a manhã, encontro outro motivo irresistível e, antes que perceba, estou ao lado dela. Ou, na noite anterior, ela diz: "Então, você vem amanhã?" – quem conseguiria ficar longe? Ou ela me dá uma incumbência, e acredito que seja apropriado eu mesmo levar a resposta até ela; ou o dia está muito bonito, vou para Wahlheim, e quando estou lá, falta apenas meia hora para ir até a casa dela! – Fico próximo demais da atmosfera... E eis-me ali! Minha avó contava um conto de fadas sobre a montanha magnética: os navios que se aproximavam muito eram subitamente despojados de tudo o que era de ferro, os pregos voavam em direção à montanha, e os pobres coitados naufragavam entre as tábuas que caíam umas sobre as outras.[12]

30 de julho

Albert chegou, e eu vou embora; e mesmo se ele fosse o melhor, o ser humano mais nobre, a quem eu estaria preparado para me subordinar em qualquer aspecto, seria insuportável vê-lo, de posse – posse! – de tanta perfeição diante dos meus olhos. Chega, Wilhelm, o noivo está aqui! Um homem bom e querido, com quem se deve ser gentil. Felizmente, eu não presenciei a recepção! Teria dilacerado meu coração. Ele também é tão digno que não beijou Lotte nenhuma vez na minha presença. Que Deus o recompense! Preciso adorá-lo em nome do respeito que ele tem pela moça. Ele me quer bem, e desconfio que seja mais obra de Lotte do que dos sentimentos dele, pois nisso as mulheres são boas e têm razão; se conseguirem manter dois admiradores em boas relações, a vantagem será sempre delas, por mais rara que seja a situação.

No entanto, não posso negar meu respeito a Albert. Seu exterior calmo contrasta de maneira muito vívida com a inquietação do meu caráter, que não pode ser escondida. Ele é muito sensível e sabe o que Lotte tem de valioso. Parece ter pouco mau humor, e você sabe que esse é o pecado que mais odeio nas pessoas.

12 Uma das histórias de *As Mil e Uma Noites*, chamada "O carregador e as três jovens de Bagdá". (N. do T.)

Ele me considera uma pessoa sensata, e minha lealdade a Lotte, a alegria calorosa que sinto em todas as ações dela, aumenta o triunfo dele, e por isso ele a ama ainda mais. Será que ele a atormenta com algum ciúme? Deixo essa pergunta sem resposta; ao menos eu, no lugar dele, não ficaria completamente a salvo na frente desse diabo.

Seja como for, minha alegria de estar com Lotte terminou. Devo chamar de insensatez ou cegueira? Nomes são necessários? A questão fala por si! Eu sabia tudo o que sei agora antes de Albert ter chegado; sabia que não tinha exigências a fazer ela, e não fiz... Quer dizer, na medida que é possível não desejar com tanta amabilidade... E o idiota acaba levando um belo de um susto quando o outro realmente chega e toma a mocinha dele.

Cerro os dentes e zombo de minha desgraça, e zombo duas ou três vezes mais daqueles que dissessem que eu deveria me resignar, já que simplesmente não poderia ser de outra maneira. Tire esses espantalhos do meu pé! Eu ando pela floresta sem rumo e, quando chego à casa de Lotte, e Albert está sentado com ela no pequeno jardim embaixo do caramanchão, e não posso ir mais longe, sou arrebatado por uma exultação tola e começo com muitas brincadeiras ridículas, muitas coisas confusas. "Pelo amor de Deus", disse-me Lotte hoje, "eu imploro, não vá fazer uma cena como a de ontem à noite! Você fica terrível quando é tão engraçado." Cá entre nós, espero o momento em que ele tenha o que fazer — e, vupt! Saio logo, e então sempre me sinto bem quando a encontro sozinha.

8 de agosto

Querido Wilhelm, por favor, é certo que não me referia a você quando chamei de insuportáveis as pessoas que exigem que nos resignemos a destinos inevitáveis. Eu verdadeiramente não pensei que você pudesse ter uma opinião semelhante. E, no fundo, você está certo. Só uma coisa, meu caro! No mundo, muito raramente é uma questão de "ou isso, ou aquilo"; as nuances dos sentimentos e dos modos de agir assumem tons tão variados quanto há diferenças entre narizes aduncos e achatados.

Então, não vá me levar a mal se eu aceitar todo o seu argumento e tentar encontrar meu caminho entre o "ou isso ou aquilo".

Ou, você diz, você tem esperança em Lotte ou não tem nenhuma. Bem, no primeiro caso, tente ir até o fim, busque abraçar a realização de seus desejos; no segundo, reúna a coragem necessária e tente se livrar de um sentimento miserável que vai consumir todas as suas forças. Meu caro! Bem fácil falar, mas... difícil fazer.

E você pode exigir do infeliz, cuja vida está se esvaindo aos poucos em razão de uma doença insidiosa, que ele de repente ponha fim ao tormento com uma apunhalada? E o mal que lhe consome as forças simultaneamente também não lhe rouba a coragem de se libertar disso?

Claro que você poderia me responder com uma parábola relacionada: quem não preferiria ter o braço arrancado a arriscar a vida por meio de hesitações e apreensões? Não sei! E não vamos insistir em parábolas. Chega — sim, Wilhelm, às vezes, tenho um momento de coragem que brota e me sacode, e então... Se eu soubesse aonde ir, eu iria.

8 de agosto, no fim da tarde

Meu diário, que tenho negligenciado há algum tempo, voltou a cair em minhas mãos hoje, e estou surpreso de como adentrei tudo isso de maneira tão consciente e paulatina! Como eu sempre enxerguei minha condição de forma tão clara e ainda assim agi como uma criança, e como, hoje, eu ainda vejo isso com tanta clareza e ainda não há sinal de melhora.

10 de agosto

Se eu não fosse um idiota, poderia viver a vida melhor e de um jeito mais feliz. Circunstâncias tão belas como aquelas em que me encontro agora não se reúnem facilmente para deleitar a alma de um ser humano. Ora, é tão certo que apenas nosso coração cria a própria felicidade. Ser membro de uma família adorável, ser amado pelo velho como um filho, pelos pequenos como um pai e por Lotte! Depois, o honesto Albert, que não perturba minha felicidade com nenhuma má-criação caprichosa, que me abraça com amizade sincera, para quem, depois de Lotte, sou a criatura mais querida do mundo! Wilhelm, é uma alegria nos ouvir quando saímos para passear e conversar sobre Lotte: nada mais ridículo do que esse relacionamento foi inventado no mundo, e, ainda assim, muitas vezes isso deixa meus olhos cheios d'água.

Quando ele me conta sobre a virtuosa mãe dela — como, no leito de morte, ela confiou a Lotte a casa e seus filhos e recomendou Lotte para ele; como, desde essa época, um espírito completamente diferente animara Lotte; como ela, nos cuidados com a administração do lar, havia se transformado em uma verdadeira mãe; como nenhum momento dela passa sem o amor diligente, sem trabalho e, ainda assim, sua alegria, seu espírito leve, nunca a abandona. Eu caminho ao lado dele e colho flores pela trilha, reúno-as com cuidado em um buquê e... lanço-as no riacho que passa ao largo e as observo rolar suavemente. Não sei se escrevi para você que Albert vai ficar aqui e receber um cargo com bom salário na corte, na qual é bastante querido. Em termos de ordem e diligência nos negócios, vi poucos como ele.

12 de agosto

Com certeza, Albert é a melhor pessoa que existe na Terra. Ontem, tive uma experiência maravilhosa com ele. Procurei-o para me despedir, pois tive vontade de cavalgar pelas montanhas — de onde estou escrevendo para você agora —, e, enquanto ando de um lado para o outro na sala, as pistolas dele chamam a minha atenção. "Empreste-me as pistolas", pedi, "para minha viagem." "Da minha parte", disse ele, "se você quiser se dar ao trabalho de carregá-las; tenho-as penduradas aí apenas de enfeite." Peguei uma, e ele continuou: "Desde que minha cautela me pregou uma peça tão perversa, não quero ter mais nada a ver com essas coisas." Fiquei curioso para conhecer a história. "Hospedei-me durante três meses no interior, na casa de um amigo; lá havia algumas pistolas pequenas e descarregadas, e eu dormia o sono dos justos. Numa tarde chuvosa, enquanto eu estava sentado, tranquilo, não sei por que aquilo me ocorreu: poderíamos ser atacados, poderíamos precisar das pistolas e poderíamos... Você sabe como é... Eu as entreguei ao criado e pedi que as limpasse e carregasse; e ele começou a brincar com as moças, querendo assustá-las, e sabe-se lá Deus como, a arma dispara com a vareta de carregar ainda dentro e acerta a almofadinha do polegar da mão direita de uma garota e quebra o dedo. Assumi as consequências em meio a lamentações e, ainda por cima, tive de pagar pelo tratamento. Desde então, deixo todas as minhas armas descarregadas. Meu caro, o que é cautela? O perigo não deixa de nos ensinar muito! Verdade. Agora você sabe que tenho muita consideração pelas pessoas, exceto por sua verdade; pois não é desnecessário dizer que toda afirmação geral tem exceções? Mas é assim que as pessoas se justificam! Se pensam que disseram algo precipitado, genérico ou uma meia verdade, não param de limitar, modificar, retirar e acrescentar, até que, no fim, não reste mais nada do assunto.

E, nessa ocasião, ele se aprofundou no texto: por fim, parei de ouvi-lo, entrei em devaneios e, com um gesto surpreendente, encostei o cano da pistola na testa, acima do olho direito. "Credo!", disse Albert, puxando a pistola da minha mão, "o que significa isso?" "Não está carregada", respondi. "Mesmo assim, o que significa isso?", retrucou ele com impaciência. "Não consigo imaginar como uma pessoa pode ser tão tola a ponto de atirar em si mesma; tenho engulhos só de pensar nisso."

"As pessoas sempre precisam, para falar de algo, dizer de imediato: 'Isso é idiota', 'isso é esperto', 'isso é bom', 'isso é mau!', mas o que significa tudo isso?", perguntei, exaltado. "Vocês já perscrutaram as relações internas de uma ação? Sabem com certeza como desenvolver as causas, por que aconteceu, por que teve que acontecer? Se tivessem feito isso, não seriam tão precipitados em seus julgamentos." "Você precisa admitir", disse Albert, "que certas ações nunca deixam de ser imorais, seja qual for o motivo que as gerou." Dei de ombros e admiti essa afirmação dele. "Sim, meu caro", continuei, "existem aqui também algumas exceções. É verdade que o roubo é uma imoralidade, mas quem recorre ao roubo para salvar a si próprio e à família da presente morte pela fome merece compaixão ou punição? Quem levantará a primeira pedra contra o marido que, em justa ira, sacrifica a esposa infiel e seu indigno sedutor? Contra a moça que se perde nas alegrias incontroláveis do amor em uma hora cheia de deleite? Até nossas próprias leis, essas pedantes de sangue-frio, deixam-se comover e reduzem a pena."

"Isso é completamente diferente", retrucou Albert, "porque uma pessoa que se deixa levar pelas paixões perde todo o sentido da razão e é considerada um bêbado, um doido." "Ó, vocês, pessoas sensatas!", exclamei, sorrindo. "Paixão! Embriaguez! Loucura! Vocês ficam aí, tão calmas, tão indiferentes, pessoas morais, repreendendo o bêbado, execrando o insano, passando por eles como o padre e agradecendo a Deus como o fariseu por Ele não ter feito vocês como um deles. Já estive bêbado mais de uma vez, minhas paixões nunca se afastaram muito da loucura, e não me arrependo de nenhuma delas: pois aprendi a compreender, até certo ponto, como todas as pessoas extraordinárias, que alcançaram algo grandioso, algo aparentemente impossível, sempre precisaram de alguma forma se afastar, tomadas por embriagadas e loucas. Mas, mesmo na vida comum, é insuportável ouvir quase todo mundo gritar atrás de alguém no meio de um ato livre, nobre e inesperado: 'O homem está bêbado, é um insano!' Que vergonha, seus sóbrios! Que vergonha, seus sábios!". "Lá vem você de novo com seus devaneios", disse Albert, "você exagera em tudo e, pelo menos aqui, sem dúvida está errado ao comparar o suicídio, do qual estamos falando agora, com grandes feitos: neste caso, não dá para considerar outra coisa senão uma fraqueza. Pois é claro que é mais fácil morrer do que suportar firmemente uma vida torturante." Eu estava prestes a interromper; nenhum argumento me tira mais do sério do que quando alguém vem com uma trivialidade do senso comum enquanto estou falando do fundo do coração.

No entanto, eu me recompus, porque já tinha ouvido aquilo muitas vezes, e muitas vezes me havia me enervado, e lhe respondi com certo vigor: "Chama de fraqueza? Peço-lhe que não se deixe seduzir pelas aparências. Pode chamar de fraco um povo que está gemendo sob o jugo insuportável de um tirano quando finalmente ele se enfurece e rompe seus grilhões? Uma pessoa que, dominada pelo terror do fogo que tomou conta de sua casa, sente todas as forças esgotadas e carrega com facilidade fardos que dificilmente consegue mover com a mente calma; aquele que, na fúria de ter sido insultado, enfrenta seis e os derrota: eles podem ser chamados de fracos? E, meu caro, se esforço é força, por que o esforço excessivo tem que ser o oposto?". Albert olhou para mim e comentou: "Não me leve a mal, mas os exemplos que você apresenta não parecem se encaixar aqui de maneira nenhuma". "Pode ser", aquiesci, "que muitas vezes tenha sido acusado desse estilo de combinação que às vezes beira a lenga-lenga. Então, vejamos se podemos imaginar de outra maneira o que a pessoa pode sentir quando decide se livrar dos fardos da vida que, de outro modo, seriam agradáveis. Porque apenas na medida em que sentimos empatia é que teremos a honra de falar de algo."

"A natureza humana", continuei, "tem seus limites: pode aguentar a alegria, o sofrimento, a dor até certo nível, e perece assim que esse nível é ultrapassado. Portanto, a questão aqui não é se alguém é fraco ou forte, e sim se consegue suportar a extensão de seu sofrimento, seja ele moral, seja físico. E acho tão espantoso dizer que alguém que tira a própria vida é covarde quanto seria inapropriado chamar de covarde quem morre de uma febre maligna."

"Isso é paradoxal! Muito paradoxal!", exclamou Albert. "Nem tanto quanto você pensa", retruquei. "Admita que a chamamos de doença que leva à morte, pela qual a natureza é tão atacada que, em parte, suas forças são consumidas, e, em parte, são tão ineficazes que, de novo, a natureza não consegue se restabelecer e, por nenhuma revolução afortunada, restaurar o curso normal da vida. Agora, meu caro, vamos aplicar isso ao espírito. O ser humano vê nas próprias limitações como as impressões o afetam, como as ideias se enraízam nele, até que finalmente uma paixão crescente o priva de todas as tranquilas faculdades sensoriais e o arruína. É em vão que a pessoa calma e sensata ignora o estado do infeliz, é em vão que o encoraja! Assim como alguém saudável que fica ao lado do leito de um doente não pode lhe instilar nem mesmo a menor das forças."

Aquilo era genérico demais para Albert. Lembrei-lhe de uma menina que havia sido encontrada morta na água há pouco tempo e repeti a história dela: "Uma criatura boa e jovem, que cresceu no estreito círculo das ocupações domésticas, do trabalho semanal, que não tinha perspectiva de diversão além de, digamos, dar um passeio pela cidade com os amigos aos domingos em um vestido que, aos poucos, ela costurou; talvez dançando uma vez em cada festival importante e, ademais, com toda a vivacidade, tagarelando por horas sobre o motivo de uma briga ou uma fofoca maliciosa com um vizinho — cuja natureza impetuosa então finalmente sente necessidades mais íntimas, que são multiplicadas pela bajulação dos homens; suas alegrias anteriores gradualmente se tornando intragáveis para ela, até que, finalmente, encontra uma pessoa a quem um sentimento desconhecido a atrai de maneira irresistível, sobre a qual ela agora deposita todas as esperanças; esquece o mundo que a rodeia, não ouve nada, não vê nada, não sente nada além dele, o único, apenas sente falta dele, o único. Não corrompido pelos prazeres vazios de uma vaidade inconstante, seu desejo aponta para um objetivo, ela quer ser dele, ela quer encontrar toda a felicidade que lhe falta na união eterna, desfrutar da comunhão de todas as alegrias pelas quais ansiava. Repetidas promessas que lhe selam a certeza de todas as esperanças, carícias ousadas que aumentam suas vontades, abraçam sua alma por completo; ela flutua em uma consciência embotada, na expectativa de todas as alegrias, está tensa no nível mais elevado, ela finalmente estende os braços para abarcar todos os seus desejos — e o amante a abandona. Paralisada, sem noção de nada, ela fica ali, diante de um abismo; tudo é escuridão ao redor, sem perspectiva, sem conforto, sem nenhuma premonição! Porque ele a abandonou, o único com quem ela sentia que a existência valia a pena. Não enxerga o vasto mundo que está diante dela, nem os muitos que poderiam substituir sua perda; sente-se sozinha, desamparada por todo o mundo — e cega, encurralada pela terrível aflição do coração, ela se lança ao abismo para sufocar todos os seus tormentos na morte que abraça tudo. Veja, Albert, essa é a história de tantas pessoas! E diga, esse não é um caso da doença? A natureza não consegue encontrar uma saída do labirinto das forças confusas e contraditórias, e a pessoa precisa morrer. Ai de quem pudesse olhar e dizer: 'Que tola! Se tivesse esperado, se tivesse deixado o tempo fazer seu trabalho, o desespero já teria passado, alguém teria aparecido para confortá-la'. É como se alguém dissesse: 'Que tolo, está morrendo de febre! Se tivesse esperado até que suas forças se recuperassem, seus fluidos melhorassem, o tumulto de seu sangue diminuísse, tudo teria se resolvido e ele estaria vivo até hoje!'".

Albert, para quem a comparação ainda não estava clara, contestou mais algumas vezes, inclusive dizendo que eu estava falando apenas de uma moça simplória; mas como poderia eximir uma pessoa dotada de compreensão, que não fosse tão limitada, que enxergasse mais circunstâncias: "Meu amigo", afirmei, "o homem é homem, e o pouco entendimento que possa ter tem pouco ou nenhum impacto quando a paixão se enfurece e os limites da humanidade o encurralam. Ao contrário... Bem, continuamos outra hora", eu disse, pegando meu chapéu. Ó, meu coração estava tão pleno — e nos separamos sem nos entender. Assim como ninguém neste mundo entende o outro facilmente.

15 de agosto

Sem dúvida, nada no mundo torna as pessoas mais necessárias do que o amor. Sinto isso em Lotte, que ela não gostaria de me perder, e as crianças não falam outra coisa a não que eu sempre volte no dia seguinte. Hoje, saí para afinar o piano de Lotte, mas não consegui fazê-lo, porque os pequenos estavam me perseguindo, pedindo que lhes contasse um conto de fadas, e a própria Lotte disse que eu lhes fizesse a vontade. Cortei o pão do jantar para eles, que agora o aceitavam quase tão prontamente de mim como de Lotte, e lhes contei a história da princesa que é servida por mãos mágicas. Estou aprendendo muito com isso, garanto, e estou surpreso com a impressão que isso causa neles. Como, às vezes, preciso inventar um incidente que esqueço na segunda ocasião, imediatamente me dizem que era diferente da vez anterior, de modo que agora pratico para recitá-lo sem nenhuma variação, sem parar, em sílabas cantadas. Aprendi com isso como um autor inevitavelmente prejudica seu livro com a publicação de uma segunda edição alterada de sua história, não importa quão poeticamente melhor tenha ficado. Temos disposição para aceitar a primeira impressão, e o homem é feito de tal forma que é possível convencê-lo dos eventos mais aventureiros; mas isso imediatamente gruda com muita firmeza, e ai de quem quiser raspá-lo e apagá-lo!

18 de agosto

Precisava ser assim mesmo, que aquilo que torna o homem feliz se transformasse de novo na fonte de sua miséria?

O sentimento pleno e caloroso do meu coração em meio à natureza viva, que me inundou de tanta alegria, transformando o mundo ao meu redor em um paraíso, agora se mostra um torturador insuportável, um espírito atormentador que me persegue em todos os caminhos. Quando eu olhava para o vale fértil a partir da rocha sobre o rio até aquelas colinas e via tudo germinando e brotando ao meu redor; quando via aquelas montanhas, do sopé ao cume, revestidas de árvores altas e frondosas, aqueles vales em suas variadas curvas sombreadas pelas mais belas florestas, e o rio suave deslizando entre os juncos balbuciantes e refletindo as lindas nuvens que a brisa noturna movia pelo firmamento. Quando, então, ouvia os pássaros animando a floresta ao meu redor, e os milhões de enxames de mosquitos dançando corajosamente aos derradeiros raios vermelhos do sol, e seu último olhar trêmulo que libertava da grama o besouro zumbindo, e o zunido e os movimentos ao meu redor chamavam a minha atenção para o solo, e o musgo, que tirava à força sua nutrição da minha rocha dura, e o néctar que crescia na colina de areia seca, era revelada para mim a vida interior, brilhante e sagrada da natureza: como eu tomava tudo aquilo em meu coração caloroso, como me sentia endeusado naquela abundância transbordante, e as formas magníficas desse mundo infinito se moviam, vitalizando tudo em minha alma. Montanhas gigantescas me cercavam, abismos se estendiam diante de mim e regatos surgidos com a chuva desciam, os rios corriam abaixo de mim, e florestas e montanhas ressoavam; e eu os vi trabalhando e criando uns nos outros, nas profundezas da terra, todas as insondáveis forças; e agora, acima da terra e embaixo do firmamento, fervilham famílias de diversas criaturas. Tudo, tudo povoado de mil formatos; e os seres humanos, então, protegem-se em seus casebres, aninhados, e governam o vasto mundo à própria maneira! Pobre tolo! Você, que valoriza tão pouco tudo isso porque é tão pequeno. Das montanhas inacessíveis sobre o deserto onde nenhum pé pisou, até o fim do oceano desconhecido sopra o espírito do Eterno Criador, e se alegra com toda poeira que O percebe e O vive... Ó, naquela época, quantas vezes eu desejava, com as asas de um grou voando sobre mim, chegar até a costa do mar incomensurável, beber, da taça espumante do infinito, aquela felicidade crescente da vida e, apenas por um momento, sentir, na força limitada do meu peito, uma gota da benção do ser que produz tudo em si e por meio de si.

Irmão, a simples lembrança daquelas horas faz com que eu me sinta bem. Mesmo esse esforço para evocar mais uma vez prazeres indizíveis, para expressá-los de novo, eleva minha alma acima de si mesma e, assim, faz-me sentir duplamente a apreensão do estado que agora me cerca.

Foi aberto diante da minha alma como uma cortina, e a cena da vida infinita se transmutou diante de mim no abismo da sepultura destampada pela eternidade. Você pode dizer: É isso! Quando tudo passa? Quando tudo passa rolando com a velocidade da tempestade, tão raramente a força de sua existência persevera, infelizmente, tudo é arrastado pela corrente, submergido e estraçalhado nas rochas? Não há um momento que não lhe consuma e aqueles ao seu redor, nem um momento em que você não seja, não deva ser, um destruidor; a caminhada mais inofensiva custa a vida de mil vermes, coitados; um chute destrói as laboriosas construções das formigas e esmaga um pequeno mundo em uma tumba inglória. Ah! Não me comovo com a grande e extraordinária angústia do mundo, com essas inundações que estão arrasando suas aldeias, com os terramotos que estão devorando suas cidades; o que mina meu coração é a força devoradora que se oculta no todo da natureza, que não criou nada que não destrói seu próximo ou a si mesmo. E, dessa maneira, eu cambaleio, aterrorizado. Céu e terra e suas forças entrelaçadas ao meu redor: não vejo nada além de um monstro eternamente devorador e eternamente ruminante.

21 de agosto

Em vão, estendo os braços para ela, de manhã, ao acordar de sonhos difíceis; em vão, procuro-a na minha cama à noite, quando um sonho feliz e inocente me ludibriou, fazendo-me acreditar que eu estava sentado ao lado dela na campina, segurando sua mão e a cobrindo de mil beijos. Ah, quando eu tateio a buscando, meio atordoado pelo sono, e me animo com isso... uma torrente de lágrimas irrompe do meu coração apertado, e eu choro de modo inconsolável diante de um futuro sombrio.

22 de agosto

Que infortúnio, Wilhelm, minhas forças ativas estão desreguladas, tendem a uma frouxidão inquieta, não posso me entregar ao ócio e, no entanto, também não posso fazer nada. Não tenho nenhuma imaginação, não tenho sentimentos pela natureza, e os livros me enojam. Quando faltamos a nós mesmos, tudo nos falta. Juro para você, às vezes gostaria de ser um operário para, ao acordar de manhã, ter uma perspectiva do dia futuro, um ímpeto, uma esperança. Com frequência, invejo Albert, que vejo enterrado até as orelhas em prontuários, e imagino que ficaria feliz se estivesse no lugar dele! Várias vezes tive o impulso de querer escrever a você e ao ministro para tentar uma candidatura a um cargo na embaixada, que, como você me garante, não me seria negado. Eu bem que acredito nisso. O ministro me adora faz muito tempo, há bastante tempo deseja que eu me dedique a algum negócio, e também vai chegar a hora em que seria bom para mim fazê-lo. Por isso, quando penso novamente nessa situação e me vem à mente a fábula do cavalo, que, impaciente por sua liberdade, deixa-se selar e é conduzido à vergonha — não sei o que devo fazer. E, meu caro! Não será, talvez, o desejo dentro de mim por uma mudança de situação uma impaciência íntima e desconfortável que me acompanhará não importa aonde eu vá?

28 de agosto

É verdade que, se minha doença pudesse ser curada, essas pessoas o fariam. Hoje é meu aniversário e, de manhãzinha, recebo um pacotinho de Albert.[13] Ao abri-lo, percebo imediatamente um dos laços vermelhos desbotados que Lotte usava quando a conheci e que lhe pedi de presente várias vezes desde então. Eram dois livretos em formato duodécimo,[14] o pequeno Homero de Wetstein,[15] edição que tantas vezes me flagrei desejando para

13 Também dia do aniversário de Goethe (28 de agosto de 1749). (N. do T.)

14 Duodécimo ou *in-12* é um tamanho de livro que resulta da dobra de uma folha de papel duas vezes, formando quatro folhas e oito páginas, cada uma com 11,5 cm x 19 cm. (N. do T.)

15 Edição da *Odisseia* de J. H. Wetstein de 1707.

não ter que arrastar o livro de Ernesti[16] quando saio em meus passeios. Veja! É assim que antecipam meus desejos, é assim que procuram todos os pequenos benefícios da amizade, que são mil vezes mais valiosos do que aqueles presentes deslumbrantes, por meio dos quais somos humilhados pela vaidade de quem nos presenteia. Beijo este laço mil vezes e, a cada respiração, sorvo a lembrança daquela glória com que aqueles poucos dias felizes e irrepetíveis me preenchiam. Wilhelm, é assim, e não me amofino, as flores da vida são apenas aparências! Quantas passam sem deixar rastro, quão poucas produzem frutos, e quão poucos desses frutos amadurecem! E, ainda assim, há uma quantidade suficiente deles; e, ainda assim, ó, meu irmão, podemos negligenciar, desprezar, deixar apodrecer frutos maduros sem ser apreciados?

Fique bem! O verão está maravilhoso; costumo me sentar nos galhos das árvores frutíferas no pomar de Lotte com uma vara longa e colher as peras do alto. Ela fica lá embaixo e as recolhe quando eu as solto para ela.

30 de agosto

Infeliz! Você não é um tolo? Não está se enganando? O que é essa paixão furiosa e sem fim? Não faço mais preces, a não ser para ela; minha imaginação não parece fazer surgir outra figura que não a dela, e tudo no mundo ao meu redor eu enxergo apenas com relação a ela. E isso me proporciona muitas horas felizes... até que preciso me desvencilhar dela de novo! Ah, Wilhelm! O que meu coração tantas vezes me incita a fazer! Quando fico sentado

16 Johann August Ernesti (1707-1781), teólogo e filólogo alemão, publicou sua versão greco-latina da *Odisseia* em 1759, no formato *in-oitavo*. Neste, o papel é dobrado três vezes, resultando em um caderno de 16 páginas com 25 cm x 30,5 cm. (N. do T.)

ao lado dela por duas, três horas, e desfruto de sua imagem, seu comportamento, da expressão celestial de suas palavras, e agora, pouco a pouco, todos os meus sentidos se ampliam, a escuridão desce diante de meus olhos, mal consigo ouvir, e isso me agarra pela garganta como um assassino, então meu coração, com palpitações enlouquecidas, tenta dar vazão aos sentidos oprimidos e só aumenta sua confusão — Wilhelm, muitas vezes eu não sei se estou no mundo! E... se a melancolia ocasionalmente não se impõe e Lotte me permite o miserável conforto de desabafar minha angústia em sua mão... Então, eu preciso ir embora, preciso sair, e, em seguida, vagar pelo campo; alegra-me escalar uma montanha íngreme, abrir um caminho por uma floresta intransponível, por sebes que me ferem, por espinhos que me destroçam! Isso faz com que eu me sinta um pouco melhor! Um pouco! E quando, às vezes, por cansaço e com sede, deito-me na estrada, às vezes, na calada da noite, quando a lua cheia fica parada bem em cima de mim, eu me sento numa árvore torta na floresta solitária apenas para dar algum alívio às solas feridas de meus pés, e, então, acabo adormecendo no crepúsculo em uma calma exaurida! Ah, Wilhelm! A morada solitária de uma cela, as vestes de panos grosseiros e o cilício seriam o bálsamo que minha alma anseia. Adeus! Não vislumbro o fim deste tormento senão no túmulo.

3 de setembro

Preciso ir embora! Agradeço-lhe, Wilhelm, por ter me ajudado a sair dessa indecisão.

Há duas semanas, estou lidando com a ideia de deixá-la. Preciso ir embora. Ela está de volta à cidade, na casa de uma amiga. E Albert... e... Eu preciso ir embora!

10 de setembro

Que noite! Wilhelm! Agora sobrevivo a tudo. Não vou vê-la de novo! Ó, o fato de eu não poder pular no seu pescoço em um abraço nem expressar com mil lágrimas e arroubos, meu caro, os sentimentos que irrompem em meu coração. Aqui estou eu, sentado, com falta de ar, tentando me acalmar, esperando pela manhã, e, ao nascer do sol, os cavalos estarão a postos.

Ah, ela dorme tranquilamente, e nem sabe que nunca mais me verá. Afastei-me e tive força suficiente para não revelar minhas intenções numa conversa que durou duas horas. E, meu Deus, que conversa!

Albert me prometeu que estaria no jardim com Lotte logo depois do jantar. Parei no terraço embaixo das altas castanheiras e observei o pôr do sol pela última vez sobre o lindo vale, sobre o calmo rio. Estive ali tantas vezes com ela e assisti àquele maravilhoso espetáculo, e, naquele momento... Andava de um lado para o outro na alameda que me era tão cara; um impulso secreto e solidário me manteve ali tantas vezes antes mesmo de conhecer Lotte, e como ficamos felizes quando, no início de nossa amizade, descobrimos nosso afeto mútuo por esse lugarzinho que, realmente, é um dos mais românticos que vi sendo engendrados pela arte.

Primeiro, temos a visão ampla entre as castanheiras... Ah, eu me lembro, acho que já lhe escrevi muito sobre como os altos muros de faia por fim te envolvem e, através de um bosque adjacente, a alameda se torna cada vez mais sombria, até que tudo finalmente termina em um lugarzinho fechado, cercado por todos os horrores da solidão. Ainda consigo sentir quanto pareceu silencioso quando entrei ali pela primeira vez ao meio-dia; tive uma vaga ideia do cenário de felicidade e dor que aquele lugar se tornaria.

Deleitei-me por mais ou menos meia hora em meio aos nostálgicos e doces pensamentos do adeus e do reencontro quando os ouvi subindo pelo terraço. Corri na direção deles e, com um arrepio, tomei a mão dela e a beijei. Tínhamos acabado de subir quando a lua surgiu atrás da colina coberta de arbustos; conversamos muito e, inadvertidamente, aproximamo-nos do gabinete escuro. Lotte entrou e se sentou, Albert ao lado dela, eu também, mas minha inquietação não me permitiu ficar sentado por muito tempo. Levantei-me, parei diante deles, andei de um lado para o outro, sentei-me de novo: estava em um estado de ansiedade. Ela nos chamou a atenção para o belo efeito do luar que iluminava todo o terraço à nossa frente, ao final do paredão de faia: uma vista maravilhosa que ficava ainda mais impressionante porque um crepúsculo profundo nos envolvia. Ficamos em silêncio, e, depois de um tempo, ela começou a falar: "Nunca saio para passear ao luar, nunca, sem o pensamento dos meus mortos, sem a sensação da morte, do futuro, tomando conta de mim. É o que seremos!", ela continuou com a voz da mais gloriosa emoção. "Mas, Werther, vamos nos reencontrar? Reconhecer? O que você acha? O que diz?"

"Lotte", disse eu, enquanto estendia a mão e meus olhos ficavam cheios de água, "vamos nos rever, sim! Aqui e ali, vamos nos ver de novo!" Não consegui continuar falando... Wilhelm, ela precisava me perguntar isso, já que eu tinha essa despedida ansiosa no meu coração!

"E os queridos que já se despediram de nós, será que sabem", continuou ela, "será que sentem quando estamos bem, sabem que nos lembramos deles com amor caloroso? Ó! A figura de minha mãe sempre paira ao meu redor quando me sento na noite tranquila entre os filhos dela, minhas crianças, e eles se reúnem ao meu redor como ficavam reunidos ao redor dela. Quando, chorando de saudade, olho para o céu e desejo que ela pudesse ver por um momento como estou conseguindo cumprir com a promessa que lhe fiz no leito de morte, a de ser a mãe dos filhos dela. Com que sentimento eu grito: 'Perdoe-me, minha amada, se não sou para eles o que você foi. Ah! Faço tudo o que posso; eles estão vestidos, alimentados e, o que é mais importante, bem cuidados e amados. Se conseguisse ver a nossa harmonia, querida santa! Glorificaria, com os mais fervorosos agradecimentos, o Deus a quem rogou, com suas últimas e mais amargas lágrimas, pelo bem-estar de seus filhos'." Foi o que ela disse! Ó, Wilhelm, quem pode repetir o que ela disse! Como pode a letra fria e morta representar essa flor celestial do espírito? Albert a interrompeu com gentileza: "Está se abalando demais, querida Lotte! Sei que sua alma está muito apegada a essas ideias, mas eu lhe imploro..." "Ó, Albert", disse ela, "sei que você não se esquece das noites em que nos sentávamos à mesinha redonda, quando papai viajava e tínhamos colocado os pequenos para dormir. Muitas vezes, você tinha um bom livro e raramente conseguia ler alguma coisa... A companhia dessa alma maravilhosa não era mais do que tudo? A mulher linda, meiga, alegre e sempre ativa! Deus sabe das minhas lágrimas, com que muitas vezes me joguei diante dele na minha cama: implorava que me fizesse igual a ela."

"Lotte!", exclamei, jogando-me diante dela, tomando sua mão e a molhando com mil lágrimas: "Lotte! A bênção de Deus repousa sobre você e sobre o espírito de sua mãe!". "Se você a conhecesse", disse ela, apertando minha mão, "ela era digna de ser conhecida por você!"

Achei que pereceria ali mesmo. Jamais uma palavra tão grandiosa e orgulhosa havia sido dita sobre mim. E ela continuou: "E essa mulher teve que falecer na flor da idade, já que seu filho mais novo ainda não havia completado seis meses! A doença dela não se estendeu muito, ela era calma, dedicada, nessa situação só ficava magoada pelos filhos, principalmente pelo pequeno. Como o fim se aproximou, ela me disse: 'Traga-os até aqui em cima!', e eu os conduzi, os pequenos, que não sabiam, e os mais velhos, que não tinham noção; eles se puseram ao redor da cama, e ela levantou as mãos, orou por eles, beijou-os e os dispensou um após o outro, e me disse: 'Seja a mãe deles!'. Eu ergui minha mão para ela em juramento. 'Está prometendo muito, minha filha', disse falou. 'O coração de uma mãe e os olhos de uma mãe. Muitas vezes, tenho visto pelas suas lágrimas de gratidão que você sente o que é isso. Tenha isso para com seus irmãos e, para com seu pai, a fidelidade e a obediência de uma esposa. Você vai confortá-lo.' Ela perguntou por ele; ele havia saído para esconder de nós a dor insuportável que sentia; o homem estava completamente dilacerado.

Albert, você estava na sala. Ela ouviu alguém se afastar, perguntou e exigiu que chamassem você, e como ela olhou para você e para mim com aquela expressão confortada e calma de que seríamos felizes, felizes juntos." Albert a abraçou, beijou-a e exclamou: "Seremos! Seremos, sim!". O tranquilo Albert ficou completamente fora de si, e eu mesmo não sabia de nada nesse momento. "Werther", continuou ela, "e essa mulher precisou ir embora! Meu Deus! Às vezes, quando penso como deixamos levar embora o que há de mais querido na nossa vida, e ninguém, exceto as crianças, sente isso com tanta intensidade, pois reclamaram por muito tempo que homens negros tinham levado sua mãe!" Ela se levantou, e eu, que havia sido despertado e abalado, permaneci sentado e segurei sua mão. "Temos que ir embora", disse ela, "está na hora." Ela quis retirar a mão, e eu a segurei com mais força. "Vamos nos ver de novo", gritei, "nos encontraremos e reconheceremos entre todas as pessoas. Estou indo", continuei, "vou de bom grado, mas, se eu precisasse dizer que era para sempre, não aguentaria. Adeus, Lotte! Adeus, Albert! Vamos nos ver de novo." "Amanhã, eu acho", respondeu ela, brincando.

Eu senti o amanhã! Ah, ela não sabia quando afastou a mão da minha. Eles saíram pela alameda, eu fiquei de pé, olhando-os ao luar, joguei-me no chão, chorei, levantei-me de um salto, corri para o terraço e vi ali embaixo, à sombra das altas tílias, o vestido branco dela cintilando em direção ao portão do jardim. Estiquei meus braços, e ele desapareceu.

Segundo Livro

Em 20 de outubro de 1771

Chegamos aqui ontem. O enviado do governo não está se sentindo bem, portanto, tirará uns dias de licença. Se ele não fosse simplesmente tão grosseiro, tudo ficaria bem. Percebo, percebo que o destino me enviou duras provações. Mas, coragem! Um espírito leve carrega tudo! Um espírito leve? Começo a rir quando a palavra chega à ponta da minha pena. Ó, um sangue um pouco mais leve me deixaria mais feliz sob o sol. Qual o quê? Ao passo que outros exibem seus escassos vigor e talento diante de mim com uma confortável presunção, eu me desespero com minha força, com meus dons? Meu bom Deus, que me presenteou com tudo isso, por que não segurou metade do que me deu em troca de autoconfiança e frugalidade?

Paciência! Paciência! As coisas vão melhorar. Porque eu lhe digo, meu caro, você tem razão. Desde que comecei a andar no meio do povo todos os dias e ver o que essa gente faz e como faz, sinto-me muito melhor comigo mesmo. Certamente, porque somos feitos de tal maneira que comparamos tudo conosco e a nós próprios com tudo, a felicidade ou a miséria residem nos objetos aos quais nos associamos, e, assim, não há nada mais perigoso do que a solidão. Nossa imaginação, forçada pela própria natureza a se elevar, alimentada pelas imagens fantásticas da poesia, cria para si uma série de seres em que estamos no nível mais baixo, e tudo que nos é externo parece mais magnífico, todos os outros são mais perfeitos. E isso acontece de modo completamente natural. Muitas vezes, sentimos que nos falta algo, e o que nos falta muitas vezes parece estar de posse de outra pessoa, a quem damos tudo o que temos, mais certo conforto idealista. E, assim, a pessoa feliz está totalmente completa, uma criação de nós mesmos.

Por outro lado, se continuarmos a trabalhar com toda a nossa fraqueza e todo o nosso esforço, muitas vezes descobrimos que vamos mais longe com nossas deambulações e desvios do que outros com seu navegar e remar — e este é um verdadeiro senso de identidade, quando alguém está no mesmo patamar ou à frente dos demais.

26 de novembro

Começo, na medida do possível, a me sentir bastante confortável aqui. O melhor é que há muita coisa para se fazer, e, então, todo tipo de gente, todo tipo de nova figura cria um espetáculo colorido diante da minha alma. Conheci o conde C..., um homem que admiro cada dia mais, cabeça aberta, ampla, e que, por isso, não é frio, porque enxerga de fato muitas coisas; um homem cuja companhia irradia tanto sentimento de amizade e amor. Travamos contato quando lhe enviei um pedido comercial, e ele percebeu, desde as primeiras conversas que entabulamos, que nos entendíamos, que ele poderia falar comigo como com qualquer um. Sua atitude aberta em relação a mim está acima de qualquer elogio que eu possa fazer. Não existe alegria mais verdadeira e calorosa no mundo do que ver uma grande alma se abrindo para nós.

24 de dezembro

O enviado do governo está me trazendo muito incômodo, como eu havia previsto. Ele é o bobo mais pontual que pode existir, avança em seus assuntos passo a passo, de forma intrincada, como uma tia velha; uma pessoa que nunca está satisfeita consigo mesma e, portanto, ninguém consegue agradecê-la por isso. Gosto de trabalhar com tranquilidade, e assim é. No entanto, ele consegue me devolver um texto e dizer: "Está bom, mas dê uma olhada, sempre há de se encontrar uma palavra melhor, uma partícula mais correta". Nesse momento, eu viro o demônio. Nenhum "e", nenhuma conjunção pode ser deixada de fora, e ele é inimigo mortal de todas as inversões que às vezes me escapam; se não tocarmos o período de acordo com a melodia convencional, ele não entende nada. É um sofrimento lidar com uma pessoa assim.

A confiança do conde de C... é a única coisa que me mantém resguardado. Não faz muito tempo, ele me disse com muita franqueza o quanto estava insatisfeito com a lentidão e a hesitação do meu enviado. As pessoas dificultam as coisas para si mesmas e os outros. "Mas", disse ele, "é preciso se resignar quanto a isso como um viajante que precisa atravessar uma montanha; claro, se a montanha não existisse, o caminho seria muito mais confortável e mais curto, mas agora ela está lá, e não há o que fazer além de ultrapassá-la!"

Meu velho também sente a preferência que o Conde me dá em relação a ele, o que o irrita sobremaneira, e aproveita todas as oportunidades para falar mal do Conde. Eu, como seria de se esperar, oponho-me a ele, e isso só piora as coisas. Ontem, ele aborreceu até a mim, porque eu estava envolvido nas críticas: o conde era muito bom nesses negócios mundanos, tinha muita facilidade no trabalho e um belo trato com a pena, mas, como todo escritor literário, faltava-lhe um tanto da erudição mais fundamentada. Ele fez uma expressão como se dissesse: "Sentiu a cutucada?". Mas não funcionou para mim, e assim desprezei a pessoa que conseguia pensar e se comportar dessa maneira. Resisti e lutei com ferocidade contra ele. Disse que o conde era um homem que devia ser respeitado, tanto pelo caráter como pelo conhecimento. "Nunca conheci ninguém", retorqui eu, "que teve tanto sucesso em ampliar a própria mente, espalhando-a sobre inúmeros assuntos e, ainda assim, mantendo essa atividade na vida cotidiana." Para aquele cérebro, eu havia falado grego, e me despedi dele para não engolir em seco ainda mais bile em razão de outro desvario.

E é tudo sua culpa, você que me convenceu a me entregar a esse jugo e cantou louvores sobre atividade. Atividade! Se a pessoa que planta batatas e cavalga até a cidade para vender seu grão não fizer mais do que eu, pagarei dez anos de trabalho na galé que agora me aprisiona.

E a miséria esplêndida, o tédio entre as pessoas desagradáveis que estão por aqui, uma do lado da outra! A ânsia por cargos entre eles, como simplesmente vigiam e cuidam para estar sempre um passinho à frente do outro; as paixões mais miseráveis e lamentáveis, desnudas. Por exemplo, há uma mulher que fala para todo mundo de sua nobreza e seu país, de maneira que todo estrangeiro deva pensar: é uma tola que imagina truques milagrosos com base em uma reles nobreza e na reputação de seu país. Mas a chateação não para por aí: mesmo a mulher aqui da vizinhança é filha de escriturário. Olha, não consigo compreender a raça humana, que tem tão pouco juízo a ponto de se prostituir de modo tão descarado.

A cada dia, percebo mais e mais, meu caro, como é tolice julgar os outros pela própria régua. E como tenho tanto a fazer comigo mesmo, e meu coração é tão tempestuoso... Ah, eu ficaria feliz em deixar os outros seguirem seu caminho se ao menos pudessem me deixar seguir o meu.

O que mais me incomoda são as terríveis relações burguesas. Claro, eu sei muito bem o quanto é necessária a diferença entre classes, quantas vantagens ela traz para mim mesmo: apenas não quero que isso me impeça de ainda poder desfrutar de um pouco de alegria, de um vislumbre de alegria nesta terra. Recentemente, conheci, durante uma caminhada, a senhorita B., criatura adorável que preservou muita do próprio caráter em meio à sua vida tão rígida. Gostamos de nossa conversa e, quando fomos cada um para um lado, pedi permissão para visitá-la em casa. Ela o fez com tanta franqueza que mal pude esperar o momento apropriado para ir até a residência dela. Ela não é daqui e mora na casa de uma tia. Não gostei da fisionomia da velha. Prestei muita atenção nela, a maior parte da minha conversa se dirigiu a ela, e, em menos de meia hora, praticamente me livrei do que a própria jovem me confessou mais tarde: que à querida tia, naquela idade avançada, falta tudo; não teve uma fortuna decente, não tem inteligência nem apoio além da linhagem de seus antepassados, nenhum abrigo fora a posição na qual se fortificou e nenhum prazer senão olhar da sacada para as cabeças burguesas que passam lá embaixo. Dizem que, na juventude, fora bonita e que passou a vida aprontando um monte, primeiro atormentando muitos rapazes pobres com seus caprichos, e, nos anos mais maduros, contentando-se com a obediência a um velho oficial que, por esse preço e um sustento razoável, passou com ela a era do bronze e faleceu. Agora, ela se vê sozinha na idade do ferro e não teria receberia nenhuma atenção se a sobrinha não fosse tão adorável.

8 de janeiro de 1772

Que tipo de gente é essa, cuja alma inteira repousa no cerimonial, cujos pensamentos e esforços são gastos durante anos, como se tentassem ter a oportunidade de ocupar um lugar de destaque à mesa: não que o trabalho não se acumule, até porque esses pequenos aborrecimentos para alcançar uma promoção impedem que tratem de coisas mais importantes. Na semana passada, houve uma briga durante um passeio de trenós, e toda a diversão foi arruinada.

Os estúpidos que não percebem que posição realmente não importa, e que quem ocupa o primeiro lugar raramente desempenha o protagonismo! Quantos reis são governados pelo ministro, quantos ministros pelo secretário! E, então, quem vem primeiro?

Aquele, na minha opinião, que ignora os outros e tem poder ou astúcia suficiente para aproveitar as próprias forças e paixões para executar seus planos.

20 de janeiro

Preciso escrever para você, querida Lotte, aqui no quarto de uma simplória pousadinha de camponeses onde me refugiei de uma forte tempestade. Enquanto perambulo na triste aldeia de D..., entre pessoas estranhas e completamente alheias ao meu coração, nunca tive um momento, nem um sequer, em que o meu coração me incitasse a lhe escrever; e agora, nesta cabana, nesta solidão, nesta restrição, com neve e granizo batendo contra minha pequena janela, foi você que primeiro veio ao meu pensamento. Ao entrar, fiquei impressionado com sua figura, sua lembrança, ó, Lotte! Tão sagrada, tão calorosa! Meu bom Deus! O primeiro momento feliz novamente.

E se me visse, minha querida, nessa torrente de distração! Como meus sentidos estão ficando ressequidos! Nem um momento de plenitude do coração, nem uma hora abençoada! Nada! Nada! Fico como se estivesse diante de um gabinete de curiosidades e vejo os pequenos homens e os cavalos se movendo à minha frente, e muitas vezes me pergunto se não é uma ilusão de ótica. Eu me entrego ao jogo, ou melhor, brincam comigo como uma marionete e, às vezes, tomo a mão de madeira do meu vizinho e estremeço, recuando. À noite, resolvo aproveitar o nascer do sol e não sair da cama; durante o dia, espero aproveitar o luar e permaneço no meu quarto. Realmente não sei por que me levanto, por que me recolho para dormir.

Falta a massa com fermento que punha minha vida em movimento; o estímulo que me mantinha acordado nas noites profundas despareceu, o estímulo que me despertava do sono pela manhã sumiu.

Encontrei a única criatura feminina aqui, uma senhorita B..., ela lembra você, querida Lotte, se é possível que alguém se pareça como você. “Ah!”, dirá você, “veja como a pessoa dispensa belos elogios!”, o que não é totalmente falso. Já faz algum tempo que estou muito bem-comportado, porque não posso ser de outro jeito; tenho muita astúcia, e as mulheres dizem que ninguém sabe elogiar tão bem quanto eu (e mentir, acrescentam elas, porque sem isso não funciona, entende?). Eu queria falar da senhorita B.... Ela tem uma alma extraordinária, que emana de seus olhos azuis. Sua classe lhe parece um fardo que não satisfaz nenhum dos desejos de seu coração. Ela deseja ficar de fora dos tumultos, e, na maior parte do tempo, nós fantasiamos com cenas rurais de pura felicidade. Ah! E com você! Quantas vezes ela precisa homenageá-la, mesmo sem precisar, faz isso voluntariamente, adora tanto ouvir falar de você, adora você. Ó, se eu apenas pudesse me sentar aos seus pés naquele pequeno cômodo querido e familiar, e nossos pequenos se enroscassem uns com os outros ao meu redor e, quando fizessem muito barulho, eu quisesse reuni-los a minha volta e, para acalmá-los, contasse-lhes uma história de horror.

O sol se põe em todo o seu esplendor sobre esta região coberta de neve cintilante, a tempestade já passou, e eu — preciso me trancar de novo em minha gaiola. Adeus! Albert está com você? E como...? Que Deus me perdoe por perguntar!

8 de fevereiro

Nos últimos oito dias, tivemos um clima dos mais terríveis, o que me faz muito bem. Porque, desde que estou aqui, não houve um dia de céu bonito que alguém não tenha estragado ou arruinado para mim. Então, quando chove, bate a ventania, vem a geada e depois derrete: a-ha!, penso eu, em casa as coisas não vão ficar piores do que lá fora, ou vice-versa, e isso é ótimo. Quando o sol nasce pela manhã e promete um dia lindo, nunca me furto de exclamar: bem, eis aí mais um bem celestial que podem tirar um do outro! Não há nada que eles não possam arrancar um do outro: saúde, reputação, alegria, repouso! E, principalmente, por estupidez, falta de compreensão, mesquinhez e, se você os ouvir, com a melhor das intenções. Às vezes, tenho vontade de lhes implorar de joelhos que não se enfureçam tanto dentro das próprias entranhas.

17 de fevereiro

Receio que meu enviado e eu não aguentemos ficar mais juntos por muito tempo. O homem é totalmente insuportável. Sua forma de trabalhar e fazer negócios é tão ridícula que não consigo deixar de o contradizer e, muitas vezes, de fazer as coisas de acordo com as minhas ideias e à minha maneira, o que, claro, nunca o agrada. Recentemente, ele me acusou disso na corte, e o ministro me deu uma reprimenda, ainda que gentil; porém de qualquer maneira foi uma reprimenda, e eu fiquei a ponto de solicitar a minha dispensa quando recebi uma carta particular dele, diante da qual me ajoelhei, louvando aquele espírito elevado, nobre e sábio.[17] Como repreendeu minha sensibilidade excessiva, como considerou minhas ideias exageradas de eficácia, influência sobre os outros, perseverança nos negócios como boa vontade

17 Por respeito a esse esplêndido senhor, esta carta, além de outra mencionada adiante, foi tirada desta coletânea, pois não se acredita que tal ousadia possa ser desculpada, mesmo dispondo da gratidão mais calorosa do público. (N. do A.)

juvenil, não tentando erradicá-las, e sim apenas as suavizando e orientando a um ponto em que pudessem desempenhar seu verdadeiro papel, seu poderoso efeito. Também me fortaleci por oito dias e fiz as pazes comigo mesmo. A paz de espírito é algo maravilhoso, e a alegria em si próprio. Caro amigo, se ao menos esse tesouro não fosse tão frágil quanto é belo e precioso.

20 de fevereiro

Deus os abençoe, meus queridos, conceda-lhes todos os dias bons dos quais Ele me priva!

Agradeço-lhe, Albert, por me enganar. Eu estava esperando notícias de quando seria o dia do seu casamento, e havia planejado retirar solenemente a silhueta de Lotte da parede e enterrá-la com outros papéis. Agora vocês são um casal, e a foto dela ainda está aqui! Bem, deixe estar assim mesmo! E por que não? Eu sei, estou com vocês também, estou no coração de Lotte não obstante a sua presença, tenho, sim, tenho o segundo lugar nele, quero e preciso mantê-lo. Ó, eu ficaria enlouquecido se ela pudesse esquecer — Albert, há um inferno nesse pensamento. Albert, adeus! Adeus, anjo do céu! Adeus, Lotte!

15 de março

Passei por um aborrecimento que me afastará daqui. Estou rangendo os dentes! Diabos! Ele não pode ser substituído, e você é o único culpado por me estimular, pressionar e torturar para que eu assumisse uma posição que não condizia em nada com meus interesses. Agora, estou aqui! Agora, você conseguiu! E para que não volte a dizer que minhas ideias exageradas estão estragando tudo, aqui está, caro senhor, uma narrativa, simplória e bonita, como um cronista a registraria.

O conde de C... me ama, me reconhece sobremaneira, isso é sabido, já te contei uma centena de vezes. Ontem, estive à mesa com ele, no mesmo dia em que a nobre companhia de cavalheiros e damas se reúne à noite na casa dele, uma companhia na qual eu nunca havia pensado, nem nunca me ocorrera que nós, subalternos, não pertencemos àquele lugar. Ótimo. Janto com o conde e, após a refeição, caminhamos de um lado para o outro no grande salão, converso com ele, com o coronel B..., que nos acompanha, e, assim, a hora da festa se aproxima. Deus sabe que não tenho nada de mais nos pensamentos. Então, entra a mui graciosa senhora de S... com marido e a filha, uma tolinha recém-saída dos cueiros, de peito achatado e corpete lindo rendado, mostrando *en passant* seus tradicionais olhos e narinas e cheios de nobreza; e como essas pessoas me enojam do fundo do meu coração, eu já estava até mesmo pronto para me despedir e esperava apenas que o conde terminasse sua tagarelice abjeta quando minha senhorita B. entrou no recinto. Como meu coração sempre se eleva um pouco quando a vejo, estanquei, fiquei atrás de sua cadeira e, apenas depois de um tempo, percebi que estava falando comigo com menos abertura do que de costume e com certo constrangimento. Foi o que percebi. Ela é como todas as pessoas, pensei, fiquei magoado e quis ir embora. Mas, ainda assim, fiquei, porque gostaria de desculpá-la, sem querer acreditar, e esperava uma palavra gentil dela e... seja o que quiser. Enquanto isso, o local começou a se encher. O barão F., com todo o guarda-roupa da época da coroação de Francisco I, o conselheiro da corte R..., mas aqui chamado senhor R... pelo nome próprio, com sua esposa surda etc., sem esquecer do mal-ajambrado J..., que preenche as lacunas do guarda-roupa da antiga Francônia com trapos que estão na moda — tudo isso acontece em abundância, e converso com alguns de meus conhecidos, todo mundo muito lacônico. Eu pensava... e apenas prestava atenção à minha B.... Não me dei conta de que as mulheres ao fim do corredor cochichavam nos ouvidos umas das outras, que aquele palavrório circulava entre os homens, que a senhora S. papeava com o conde (a senhorita. B. me contou tudo isso mais tarde), até que, por fim, o conde se levantou e me conduziu até uma janela. "O senhor sabe", disse ele, "das nossas relações maravilhosas. Percebi que o grupo está insatisfeito por vê-lo aqui. Eu não queria, de modo algum..." — "Excelência", interrompi, "peço mil desculpas, pois eu deveria ter pensado nisso antes, e sei que o senhor me perdoará por essa incoerência da minha parte, já que desejava me despedir bem antes. Um gênio do mal me segurou aqui", acrescentei com um sorriso, meneando a cabeça. O conde apertou minhas mãos com um sentimento que dizia tudo. Afastei-me de maneira cuidadosa daquela distinta companhia, saí, tomei um cabriolé e segui até M., para lá assistir ao pôr do sol sobre a colina e ler em meu Homero o maravilhoso canto sobre Ulisses sendo servido pelo honrado pastor de porcos.[18] Tudo estava bem.

À noite, voltei para a mesa; ainda havia algumas pessoas na sala de estar, estavam jogando dados em um canto, dobrando a toalha para trás sobre a mesa. É quando entra o honesto Adelin, abaixando o chapéu, olha para mim, aproxima-se e diz baixinho: "Você ficou chateado?". "Eu?", perguntei. "O conde expulsou você daquele grupo." "Que o diabo o carregue!", exclamei. "Fiquei feliz por poder sair ao ar livre." Ele comentou: "É bom que você trate isso com leveza. O que me irrita é que já está sendo comentado em todo lugar." Foi aí que a coisa começou a me incomodar. Todos que chegavam à mesa e me olhavam, pensei, deviam estar olhando para você por esse motivo! Aquilo me causou ressentimentos.

18 No Canto 14 da *Odisseia*, após a volta de Ulisses para Ítaca, ele, vestido de mendigo, é acolhido por Eumeu, um pobre pastor de porcos, que o alimenta e lhe dá abrigo. Werther acaba como Ulisses, afastado da nobreza e junto dos seus, os subalternos. (N. do T.)

E agora que as pessoas sentem pena de mim, hoje, aonde quer que eu vá, quando ouço que aqueles que me invejam estão triunfando e dizendo: "Agora podemos ver o que acontece com os arrogantes, que elevam sua cabecinha e acreditam que podem se colocar acima de todas as circunstância", e mais conversas fiadas desse tipo — a gente tem vontade de cravar uma faca no coração; pois que se fale de independência o que quiser, quero ver alguém que consiga tolerar canalhas falando sobre ele quando estão em vantagem; quando a conversa deles é vazia, você pode facilmente deixá-los para lá.

16 de março

Tudo me provoca. Hoje encontrei a senhorita B... na alameda. Não resisti em falar com ela e, assim que nos afastamos um pouco das pessoas reunidas, comentei sobre como ficara magoado com seu comportamento naquela outra noite. Em um tom sincero, ela disse: "Ó, Werther, você interpretou dessa maneira minha consternação, ainda que conheça meu coração? O que sofri por sua causa desde o momento em que entrei no salão! Previ tudo aquilo que aconteceu; e por centenas de vezes me veio à ponta da língua lhe contar. Eu sabia que as senhoras de S... e T... prefeririam sair de lá com o marido a permanecer em sua companhia; eu sabia que o conde não podia se indisp0r com eles — e, agora, todo esse barulho!". "Como assim, senhorita?", perguntei e escondi meu horror, porque tudo que Adelin me dissera anteontem correu como água fervente em minhas veias naquele momento. "O que isso me custou!", respondeu a doce criatura, com lágrimas nos olhos. Eu não estava mais no controle de mim mesmo, fiquei prestes a me jogar aos pés dela. "Explique-se!", exclamei. As lágrimas escorreram por seu rosto. Fiquei fora de mim. Ela as secou-os sem querer escondê-las. "Você conhece minha tia", começou ela, "ela estava presente e... ó, como ela encarou toda a situação! Werther, tive de aguentar um sermão ontem à noite e hoje pela manhã sobre minha relação com você, e tive que ouvi-lo ser menosprezado, humilhado, e só pude defendê-lo parcialmente." Cada palavra que ela falou atravessou meu coração como uma espada. Ela não se deu conta da misericórdia que teria sido esconder tudo isso de mim; e, nesse momento, acrescentou que mais boatos viriam e algumas pessoas triunfariam com isso.

Como as pessoas agora se alegrariam e festejariam com o castigo pela minha arrogância e meu desprezo pelos outros, do que há muito me acusam. Ao ouvir tudo isso dela, Wilhelm, com a voz coberta pela mais verdadeira empatia — fiquei destruído e ainda estou furioso por dentro. Queria que alguém ousasse me criticar de algo para que eu lhe cravasse uma adaga no corpo; assim, se visse o sangue escorrer, eu me sentiria melhor. Ah, centenas de vezes já agarrei uma faca para dar vazão a esse coração apertado. Conta-se uma história de uma nobre raça de cavalo que, quando está com muito calor e assustada, instintivamente abocanha uma veia para conseguir respirar. Muitas vezes, isso acontece comigo — quero abrir uma veia que me dê liberdade eterna.

24 de março

Solicitei minha dispensa da corte e espero recebê-la, e você me perdoará por não ter pedido sua permissão primeiro. Simplesmente precisava ir embora, e sei tudo o que você teria para me dizer a fim de me persuadir a ficar, então, partilhe as novidades com a minha mãe dourando a pílula, não consigo ajudar nem a mim mesmo, ela terá de entender que também não poderei ajudá-la. Claro que vai magoá-la. Ver de repente se interromper a bela trajetória que seu filho estava prestes a empreender até o cargo de conselheiro particular e enviado do governo e voltar à estaca zero! Agora, faça o que quiser com essa informação e combine as possíveis circunstância em que eu poderia e deveria ter permanecido. Chega, vou embora, e, para que saibam aonde estou indo, aqui está o príncipe..., que se sente muito bem em minha companhia. Ele me pediu, assim que soube da minha intenção, para acompanhá-lo até sua propriedade e passar lá a bela primavera. Ele me prometeu que eu ficaria completamente em paz comigo mesmo e, como nos entendemos até certo ponto, correrei o risco e irei com ele.

Com relação à notícia

19 de abril

Obrigado pelas duas cartas. Não respondi porque deixei esta folha ali até minha despedida da corte; tive receio de que minha mãe entrasse em contato com o ministro e dificultasse o meu plano. Mas agora está feito, minha despedida está logo ali. Não quero lhe dizer com que relutância me dispensaram e as coisas que o ministro me escreveu — você irromperia em novas lamentações. O príncipe herdeiro me enviou vinte e cinco ducados como despedida, com uma palavra que me levou às lágrimas de comoção; portanto, não preciso do dinheiro de minha mãe que havia solicitado anteriormente.

5 de maio

Amanhã vou embora daqui, e, como minha cidade natal fica a apenas dez quilômetros de distância, quero revê-la e relembrar os velhos tempos, felizes e sonhadores. Quero entrar pelo mesmo portão por onde minha mãe saiu comigo quando, após a morte de meu pai, deixou para trás o lugarejo querido e familiar para se trancafiar em sua insuportável cidade. Adeus, Wilhelm, você ficará sabendo da minha jornada.

9 de maio

Completei a peregrinação à minha terra natal com toda a devoção de um peregrino, e muitos sentimentos inesperados tomaram conta de mim. Parei ao lado da grande tília, que fica a quinze minutos da cidade na direção de S..., desci e disse ao cocheiro para prosseguir para que eu pudesse saborear a pé cada lembrança num ambiente completamente novo e vívido, segundo a vontade do meu coração. Lá estava eu, embaixo da tília que outrora fora o destino e o limite das minhas caminhadas de menino. Como estava diferente! Naquela época, eu ansiava, em feliz ignorância, pelo mundo desconhecido, onde eu esperava tanto alimento para meu coração como prazer para preencher e satisfazer meu peito ansioso e desejoso. Agora, volto do vasto mundo — ó, meu amigo, com quantas esperanças fracassadas, com quantos planos destruídos! Vi diante de mim as montanhas que mil vezes foram objeto de meus desejos. Eu poderia ficar aqui sentado por horas ansiando por estar lá, perdendo-me com toda a minha alma nas florestas e nos vales que se estendiam aos meus olhos de uma maneira tão amigável e crepuscular; e, quando precisei voltar na hora marcada, com que relutância não saí do meu querido lugarejo! Aproximei-me mais da cidade, cumprimentei todas as velhas e familiares casinhas ajardinadas; as novas não me apeteciam, bem como todas as mudanças que de outra forma foram empreendidas. Passei pelo portão e me vi de novo igual e completo. Meu caro, não quero entrar em detalhes. Por mais encantador que fosse para mim, ficaria muito monótono na narrativa. Decidi morar na praça do mercado, bem ao lado de nossa antiga casa. Enquanto caminhava, notei que a sala de aula, onde uma velha honesta havia tangido a nossa infância, havia sido transformada em um armazém. Lembro-me da inquietação, das lágrimas, da estupidez mental, da angústia de coração que aguentei naquele buraco. Não dei nenhum passo que não fosse notável. Um peregrino na terra santa não encontra tantos lugares de lembranças religiosas, nem sua alma está tão cheia dessa emoção sagrada. Um em cada mil. Desci pelo rio até certa propriedade; esse também era um caminho habitual para mim, e os lugares onde nós, garotos, praticávamos o lançamento de seixos planos na água. Lembrei-me tão vividamente quando, às vezes, ficava olhando para a água, com quantas maravilhosas premonições eu a acompanhava, como imaginava, de um jeito aventureiro, as regiões para onde ela fluiria naquele momento e como imediatamente encontrei os limites da minha imaginação; e, ainda assim, ela teve que continuar, sempre, até que eu me perdi completamente na contemplação de uma distância invisível. Veja só, meu caro, os gloriosos ancestrais eram tão limitados e tão felizes! Tão infantil seu sentimento, sua poesia! Quando Ulisses fala do mar desmedido e da terra infinita, é tão verdadeiro, humano, íntimo, particular e misterioso. De que me adianta poder agora repetir com todos os estudantes que a Terra é redonda? As pessoas precisam apenas de alguns torrões de terra para desfrutar a vida e menos ainda para descansar embaixo deles. Agora estou aqui, no pavilhão de caça do príncipe. Ainda é tranquilo viver com o cavalheiro, ele é verdadeiro e simples. Existem pessoas estranhas ao seu redor que nem eu entendo. Não parecem ser canalhas e, no entanto, também não têm aparência de pessoas honestas. Às vezes, elas parecem idôneas para mim, mas não posso confiar nelas. O que também me dá pena é que ele muitas vezes fala de coisas que apenas ouviu e leu, e justamente do ponto de vista que a outra pessoa pode tê-las imaginado para ele. Ele também valoriza mais minha razão e meus talentos do que este coração, que é meu único orgulho, a coisa mais completa e miserável. Ah, o que eu sei qualquer um pode saber: meu coração é apenas meu.

25 de maio

Eu tinha algo em mente que não queria lhe contar até que estivesse feito: agora que não deu em nada, é melhor assim. Queria ir para a guerra, o que está no meu coração faz muito tempo. Essa é a principal razão por que segui o príncipe até aqui, que é um general a serviço de.... Numa caminhada, revelei a ele meus planos; ele tentou me dissuadir e, no meu caso, seria mais paixão do que capricho se eu não quisesse ouvir os motivos que queria me apresentar.

11 de junho

Diga o que quiser, não consigo mais ficar. O que tenho para fazer aqui? O tempo está se estendendo demais para mim. O príncipe me apoia o melhor que pode, mas, ainda assim, sinto-me um peixe fora d'água. Basicamente, não temos nada em comum um com o outro. Ele é um homem sensato, porém de mente muito simplória; não me divirto mais com sua companhia do que quando leio um livro bem escrito. Ficarei mais oito dias e, em seguida, voltarei à minha errância. A melhor coisa que fiz aqui foram meus desenhos. O príncipe tem sensibilidade para a arte, e ela ficaria ainda mais forte se ele não estivesse limitado pela sórdida natureza científica e pela terminologia comum.

Às vezes, cerro os dentes quando o levo para passear pela natureza e pelas artes com uma imaginação fértil, e ele, de repente, pensa que está indo muito bem quando, aos tropeções, lança mão de um clichê artístico.

16 de junho

Sim, sou apenas um andarilho, um peregrino na terra! Mas, você é mais do que isso?

18 de junho

Para onde quero ir? Em segredo, vou lhe revelar. Tenho que ficar aqui mais catorze dias e, em seguida, convenci-me de que queria visitar as minas de...; mas, no fundo, não é nada disso, quero apenas estar mais perto de Lotte, só isso. E rio do meu próprio coração — e cumpro as suas vontades.

29 de julho

Não, está tudo bem! Está tudo bem! Eu... o marido dela!, Deus, que me criaste, se tivesses preparado essa felicidade para mim, toda a minha vida seria de orações constantes. Não quero julgar, e me perdoe essas lágrimas, perdoe-me meus desejos vãos! Você, minha esposa! Se eu tivesse abraçado a criatura mais querida sob o sol — um arrepio percorre todo o meu corpo, Wilhelm, quando Albert coloca os braços em volta daquele corpo esguio.

E, posso dizer uma coisa? Por que não, Wilhelm? Ela teria sido mais feliz comigo do que com ele! Ó, ele não é o homem que satisfaz todos os desejos daquele coração. Certa falta de tato, uma falta — encare como quiser; que o coração dele não bate com empatia diante de, ó, diante da passagem de um livro querido, na qual meu coração e o de Lotte se unem em um só; numa centena de outras situações, quando nossos sentimentos com relação às ações de um terceiro se tornam patentes. Caro Wilhelm! Ele a ama com toda a alma, e um amor que ela não merece!

Uma pessoa insuportável me interrompeu. Minhas lágrimas secaram. Estou distraído. Adeus, meu caro!

4 de agosto

Eu não sou o único que se sente assim. Todas as pessoas são ludibriadas em suas esperanças e enganadas em suas expectativas. Visitei minha boa mulher debaixo da tília. O menino mais velho correu em minha direção, e seu grito de alegria atraiu a mãe, que parecia muito abatida. As primeiras palavras dela foram: "Meu bom senhor, ah, meu Hans faleceu!". Era o mais novo de seus meninos. Fiquei em silêncio. "E meu marido", continuou ela, "voltou da Suíça e não trouxe nada com ele; e, se não fossem as boas pessoas, ele teria que implorar para sair. Além disso, ele pegou febre no trajeto." Não consegui lhe dizer nada, e dei ao pequeno algo de presente; ela me pediu para aceitar algumas maçãs, o que eu fiz, e parti daquele lugar de tristes lembranças.

21 de agosto

Tudo muda para mim como uma virada de mão. Às vezes, um alegre vislumbre da vida quer renascer, ah, apenas por um momento! Quando me perco em sonhos como esse, não consigo evitar o seguinte pensamento: e se Albert morresse? Você faria! Sim, ela faria isso — e, então, corro atrás dessa fantasia até que ela me leva a abismos diante dos quais estremeço, afastando-me.

Quando saio pelo portão, como fiz da primeira vez, para levar Lotte ao baile, como foi diferente! Tudo, tudo passou! Nenhum indício do mundo anterior, nenhuma pulsação dos meus sentimentos daquela época. Para mim, seria o mesmo que para um espírito que voltasse ao seu castelo incendiado e destruído, que ele, como príncipe próspero, no passado houvesse construído e ornamentado com todos os dotes de esplendor e, teria deixado, cheio de esperança em seu leito de morte, ao filho querido.

3 de setembro

Às vezes, não compreendo como alguém pode amá-la, ou tem permissão para amá-la, já que eu a amo tão sozinho, tão íntima, tão completamente, e não conheço nem tenho mais nada além dela!

4 de setembro

Sim, é isso. À medida que a natureza se transforma em outono, torna-se outono dentro de mim e ao meu redor. Minhas folhas estão amarelando, e as folhas das árvores próximas já caíram.

Não lhe escrevi uma vez sobre um rapaz camponês quando havia acabado de chegar aqui? Agora, perguntei novamente sobre ele em Wahlheim; disseram que havia sido expulso do trabalho e que ninguém mais quis saber dele. Ontem, encontrei-o a caminho de outra aldeia, conversei com ele, e ele me contou sua história, que me tocou dupla ou triplamente, como você vai compreender facilmente quando eu lhe relatar. Mas para que tudo isso? Por que não guardo para mim o que me assusta e magoa? Por que eu ainda o perturbo? Por que sempre lhe dou a oportunidade de sentir pena de mim e me repreender? Seja como for, isso talvez possa fazer parte do meu destino!

Com uma tristeza silenciosa, em que me pareceu notar uma essência um pouco retraída, o rapaz começou respondendo às minhas perguntas; no entanto, logo, mais aberto, como se de repente reconhecesse a mim e a si próprio, confessou seus erros e reclamou comigo de seu infortúnio. Se eu pudesse, meu amigo, deixar para que você julgasse cada palavra dele! Reconheceu, aliás, narrou, com uma espécie de alegria e felicidade de recordação, que a paixão pela dona de casa aumentava nele a cada dia, que, no fim, não sabia nem o que estava fazendo, nem como se expressava, tampouco onde estava com a cabeça. Não conseguia comer, beber ou dormir, tudo aquilo estava preso em sua garganta, ele fez o que não devia; esquecera do que lhe mandavam fazer, era como se estivesse sendo perseguido por um espírito maligno, até que um dia, quando sabia que ela estava no quarto do andar de cima, foi atrás dela, ou melhor, sentiu-se instigado a ir até ela; como ela não atendeu às suas súplicas, quis possuí-la à força. Ele não sabia o que acontecera com ele e apresentou Deus como testemunha de que suas intenções para com ela sempre haviam sido honestas e que não havia desejado nada mais intensamente do que se casar com ela, que ela passasse o resto da vida com ele. Depois de algum tempo falando, começou a hesitar, como quem ainda tem algo a dizer e não ousa dizê-lo; por fim, ele me confessou com timidez as poucas intimidades que ela lhe permitia e a proximidade que lhe concedia. Ele interrompeu a fala duas ou três vezes, e repetiu os protestos mais vívidos de que não estava dizendo aquilo para sujar a reputação da mulher, como ele havia expressado, que a amava e valorizava como antes, que isso jamais saíra de sua boca e que estava me contando aquilo apenas para me convencer de que não era uma pessoa completamente errada e insana.

E aqui, meu caro, recomeço minha velha ladainha, que entoarei para sempre: se eu pudesse lhe apresentar o homem como estava diante de mim, como ainda está diante de mim! Se eu pudesse contar tudo corretamente para você para que sentisse como participo do destino dele, como preciso participar! Mas, basta, como você também conhece meu destino, e me conhece, sabe muito bem o que me atrai em todos os infelizes, e o que me atrai especialmente nesse infeliz.

Ao reler o que acabei de escrever, vejo que esqueci de lhe contar o fim da história, o que é fácil de imaginar. Ela se defendeu, apareceu o irmão dela, que odiava o rapaz fazia tempo, que há muito o queria fora da casa porque temia que, se a irmã se casasse novamente, os filhos perderiam a herança que, naquele momento, como ela não tinha filhos, dava-lhes grandes esperanças; ele imediatamente o empurrou para fora da casa e fez tanto escândalo sobre o assunto que a mulher, mesmo que quisesse, não poderia tê-lo aceitado de volta. Então, ela contratou outro criado, e, por causa dele, dizem à boca pequena, ela também se desentendeu com o próprio irmão; afirmam que é certo que ela se casará com o tal criado, mas o irmão está determinado a não deixar que isso aconteça.

O que lhe conto aqui não é exagerado, tampouco atenuado; na verdade, posso dizer que o relatei de maneira bem, bem diluída e deixei a história mais grosseira ao apresentá-la com nossos termos morais tradicionais.

Esse amor, essa lealdade, essa paixão não é uma invenção poética. Está viva, está no seu estado mais puro entre a classe de pessoas que chamamos de incultas, que chamamos de rudes. E nós somos educados... educados para nada! Leia a história com devoção, é o que lhe peço. Hoje, ao escrever isso, fico tranquilo; você pode ver pela minha caligrafia que não estou fazendo rodopios e floreios como de costume. Leia, meu caro, e se lembre de que é a história do seu amigo também. Sim, foi assim comigo, assim será comigo, e não tenho nem metade dessa virtude, nem metade da determinação, que tem o pobre infeliz com quem quase não me atrevo a me comparar.

5 de setembro

Ela havia escrito um bilhete para o marido, que estava cuidando dos negócios no campo. Começava assim: "Meu querido, amadíssimo, venha assim que puder, aguardo-o com mil alegrias". Um amigo que estava entrando havia trazido a notícia de que ele não voltaria tão cedo em virtude de determinadas circunstâncias. O bilhete permaneceu ali e veio parar em minhas mãos, no finzinho da tarde. Eu li e sorri, ao que ela perguntou "por quê?". "Que dom divino é o da imaginação", exclamei, "por um momento, pude imaginar como se tivesse sido escrito para mim." Ela parou, aparentemente descontente, e eu permaneci em silêncio.

6 de setembro

Foi difícil até que decidi tirar meu simples fraque azul com o qual dancei com Lotte pela primeira vez. Mas, no fim das contas, ele acabou ficando discreto. Também mandei fazer um igual ao anterior, com gola e punhos e, também, colete e calça amarelos para combinar. Porém não tem o efeito desejado. Não sei — acredito que, com o tempo, vou gostar dele.

12 de setembro

Ela viajou por alguns dias para buscar Albert. Hoje, entrei no quarto dela, e ela veio me encontrar, e eu beijei sua mão com mil alegrias.

Um canário voou de cima do espelho até pousar no ombro dela. "Um novo amigo", explicou e o atraiu para sua mão, "vai ficar com os meus pequeninos. Ele é muito bonzinho! Veja só! Quando lhe dou pão, ele bate as asas e bica bem bonitinho. Ele me dá beijinhos também, viu?"

Quando ela fez um biquinho para o animalzinho, ele se apertou de um jeito tão doce nos doces lábios dela, como se pudesse sentir a felicidade de que estava desfrutando.

"Ele tem que beijar você também", disse, entregando-me o pássaro. O biquinho fez a trajetória da boca dela até a minha, e o toque da bicada foi como um sopro, um indício de prazer amoroso.

"O beijo dele", comentei, "não é totalmente desprovido de desejo, ele busca comida e volta insatisfeito da carícia vazia."

"Ele também come da minha boca", continuou ela, dando-lhe algumas migalhas com os lábios, que sorriram, em toda a felicidade, pelas alegrias do amor solidário e inocente.

Virei o rosto. Ela não deveria fazer aquilo, não deveria estimular minha imaginação com aquelas imagens de inocência e felicidade celestiais e não deveria despertar meu coração do sono em que a indiferença da vida às vezes o embala! E por que não? Ela confia tanto em mim! Ela sabe quanto a amo!

15 de setembro

É de nos deixar loucos, Wilhelm, que existam pessoas sem a mínima noção ou sentimento pelo que ainda tem valor na Terra. Você conhece as nogueiras embaixo das quais me sentei com Lotte na casa do honesto pastor de St..., as maravilhosas nogueiras que, Deus bem sabe, sempre me encheram a alma das maiores alegrias! Como deixavam a paróquia familiar, refrescavam-na! E seus galhos, como eram maravilhosos! E a lembrança dos honrados clérigos que as plantaram muitos anos atrás. O professor na escola nos dizia muitas vezes o único nome que ouvira do avô; e falam que ele foi um homem muito corajoso, e as recordações dele sempre foram sagradas entre as árvores. Eu lhe digo, os olhos do professor ficaram rasos d'água quando conversamos ontem sobre elas terem sido cortadas — cortadas! Quero enlouquecer, eu seria capaz de assassinar o cão danado que deu a primeira machadada. Eu ficaria inconsolável se houvesse algumas árvores no meu quintal e uma delas morresse de velhice e eu tivesse que assistir. Meu caro, caríssimo, há uma coisa aqui: o que é o sentimento humano! Toda a aldeia está reclamando, e espero que a mulher do pastor sinta, pela manteiga, pelos ovos e por outras confianças, a ferida que abriu naquele lugarejo. Pois é ela, a esposa do novo pastor (o nosso antigo também morreu), uma criatura magricela e adoentada, que tem todas as razões do mundo para não ter o menor interesse pelo mundo, porque ninguém se interessa por ela. Uma tola que finge ser erudita, entrega-se ao estudo do cânone, trabalha muito nessa nova moda da reforma moral e crítica do cristianismo e dá de ombros diante do entusiasmo, que beira o fanatismo, de Lavater,[19] tem a saúde completamente abalada e, portanto, não tem alegria na terra de

19 Johann Kaspar Lavater (1741-1801), pastor, filósofo, poeta e teólogo, fundador da fisiognomonia, o estudo da personalidade a partir de traços fisionômicos. Goethe chegou a ter uma amizade com Lavater. (N. do T.)

Deus. Apenas uma criatura assim seria capaz de derrubar minhas nogueiras. Eu não consigo me recompor, veja só! Imagine: as folhas que caem deixam seu quintal sujo e abafado, as árvores a privam da luz do dia e, quando as nozes estão maduras, os garotos atiram pedras nelas para que caiam — e isso a deixa muito nervosa, perturba suas reflexões profundas enquanto compara Kennikot, Semler e Michaelis.[20] Como vi as pessoas da aldeia, principalmente as mais velhas, tão insatisfeitas, falei: "Por que aguentaram isso?". "Aqui, se o prefeito quer uma coisa", disseram, "o que se há de fazer?" Mas algo foi feito corretamente. O prefeito e o pastor, que também queria receber alguma recompensa com os caprichos de sua mulher, caprichos que no fim das contas não cheiravam nem fediam, pensaram em dividir os lucros; foi aí que a câmara descobriu e disse: "Calma aqui!", pois ela ainda tinha antigas pretensões à parte da casa paroquial, onde ficavam as árvores, e as vendeu a quem deu o maior lance. Elas jazem agora ao chão! Ah, se eu fosse príncipe! Ai da mulher do pastor, do prefeito e da câmara... príncipe! Sim, se eu fosse príncipe, o que me importariam as árvores das minhas terras!

10 de outubro

Quando vejo os olhos pretos dela, já me sinto muito bem! Olha, e o que me irrita é que Albert não parece estar tão feliz quanto ele — esperava— como eu — achava que seria — se — não gosto de usar travessões, mas aqui não consigo me expressar de outra maneira— e isso me parece bastante claro.

20 Benjamin Kennicott (1718-1783), cônego da Igreja Anglicana, bibliotecário e filólogo; Johann Salomo Semler (1725-1791), teólogo e historiador alemão; e Johann David Michaelis (1717-1791), filósofo, hebraísta e erudito alemão, eram estudiosos da Bíblia. (N. do T.)

12 de outubro

Ossian suplantou o humor do meu coração. Que mundo é esse pelo qual o Esplendoroso me conduz! Passear pela charneca, rodeado por ventos tempestuosos, que transportam os espíritos dos patriarcas em brumas fumegantes à luz crepuscular da lua. Para ser ouvido das montanhas, no rugido do riacho da floresta, nos gemidos um tanto diluídos dos espíritos de suas cavernas e nos lamentos da garota que chora até a morte ao redor das quatro pedras cobertas de musgo e da grama do nobre caído, seu amado. Quando eu o encontro, o bardo cinzento errante, que busca os passos de seus patriarcas na ampla charneca e, infelizmente, encontra a lápide deles e, então, aos prantos, olha para a querida estrela da noite, que se esconde no mar agitado, e os tempos do passado ganham vida na alma do herói, quando o raio amistoso ainda brilhava avisando os bravos dos perigos, e a lua iluminava seu navio que retornava coroado pelas guirlandas da vitória. Quando eu leio a profunda tristeza em sua testa, enxergo o último homem esplendoroso e abandonado cambaleando em toda a exaustão na direção ao túmulo, como sempre suga novas alegrias dolorosas e incandescentes na fraca presença das sombras de seus falecidos, e olha para baixo, para o mato alto e esvoaçante, e exclama: "Virá o andarilho, virá, que me conheceu na minha beleza, e perguntará: 'Onde está o menestrel, o filho esplêndido de Fingal?' Seus passos correm por cima do meu túmulo, e ele pergunta em vão por mim na terra." Ó, amigo! Como um nobre escudeiro, eu gostaria de desembainhar minha espada, livrar meu príncipe, de uma vez por todas, da agonia da vida que aos poucos se esvai e enviar minha alma atrás do semideus libertado.

19 de outubro

Ai, esse vazio! Esse vazio terrível que sinto aqui no peito! Tantas vezes penso que, se você pudesse apertá-lo apenas uma vez, apenas uma vez, contra este coração, todo esse vazio seria preenchido.

26 de outubro

Sim, é certo para mim, caro amigo, certo e cada vez mais certo, que resta pouco, muito pouco de interessante na existência de uma criatura. Uma amiga veio até a casa de Lotte, e eu fui até a sala ao lado pegar um livro, mas não conseguia ler, então peguei uma pena para escrever. Eu as ouvi conversando baixinho, confidenciando coisas insignificantes, notícias da cidade: como essa vai se casar, como aquela está doente, muito doente. "Ela está com tosse seca, dá para ver os ossos saltando no rosto, e ela desmaia. Não dou um tostão furado pela vida dela", disse a amiga. "N. N. também está indo de mal a pior", comentou Lotte. "Já está inchado", disse a outra. E minha imaginação vívida me transportou para a cama dessa pobre pessoa; eu as vi, com que aversão elas dão as costas à vida, como elas — Wilhelm! E minhas mulheres falavam disso, como se fala mesmo disso — que um estranho morre. E quando olho em volta e vejo o quarto, e ao meu redor as roupas de Lotte, os escritos de Albert e esta mobília à qual agora estou tão afeiçoado agora, até mesmo este tinteiro, e penso: veja o que você significa para esta casa! Considerando tudo. Seus amigos o honram! Muitas vezes, você os deixa feliz, e seu coração parece que não poderia existir sem eles; e, ainda assim, se você fosse embora agora, se saísse desse círculo? Será que sentiriam, por quanto tempo sentiriam o vazio que sua perda deixaria em seu destino? Por quanto tempo? Ai, o homem é tão passageiro que mesmo onde tem certeza real de sua existência, onde deixa a única impressão verdadeira de sua presença, na lembrança, na alma dos entes queridos, mesmo lá ele deve ser extinto, desaparecer, e logo!

27 de outubro

Muitas vezes, eu gostaria de rasgar meu peito e esmigalhar meu cérebro com o quanto podemos significar tão pouco uns para os outros. Ah, ninguém me trará o amor, a alegria, o calor e o êxtase que eu mesmo não trago, e com todo o coração pleno de felicidade, não serei capaz de fazer feliz a outra pessoa que estiver fria e impotente diante de mim.

Na noite de 27 de outubro

Tenho tanto, e o sentimento por ela devora tudo; tenho tanto, e sem ela tudo se torna nada para mim.

30 de outubro

Ora se eu já não estive a ponto de arrebatá-la em meus braços uma centena de vezes! O Deus grandioso sabe o que acontece com alguém que vê tanta candura circulando diante de si e não tem permissão para tocá-la; e o toque é o instinto mais natural da humanidade. As crianças não tocam tudo o que encontram? E eu?

3 de novembro

Deus sabe! Muitas vezes, vou para a cama com o desejo, e às vezes com a esperança, de não voltar a despertar; e, pela manhã, quando abro os olhos, volto a ver o sol e me sinto indisposto. Ah, se ao menos eu fosse mal-humorado, se pudesse culpar o clima, um terceiro, um projeto fracassado, então apenas metade do fardo insuportável da indignação recairia sobre mim. Ai de mim! Na verdade, sinto que é tudo culpa minha — não é bem culpa! Basta que a fonte de toda a minha tristeza tenha desaparecido em mim, assim como a fonte de todas as felicidades um dia desapareceu. Não sou a mesma pessoa que no passado flutuou em toda a plenitude de sentimentos, para quem, a cada passo, um paraíso surgia, que teve um coração para abraçar amorosamente um mundo inteiro? E, agora, esse coração está morto, dele não flui nenhuma delícia; meus olhos estão secos e meus sentidos, não mais revigorados pelas lágrimas refrescantes, fazem meu cenho ficar franzido. Sofro muito, pois perdi aquela que era a única alegria da minha vida, o poder sagrado e animador com o qual criei mundos ao meu redor; ele ficou para trás! Quando olho pela janela e avisto a colina distante, como o sol da manhã atravessa a neblina acima dela e brilha sobre o prado tranquilo, e o rio suave serpenteia em minha direção entre seus salgueiros desfolhados — ai! Quando essa natureza maravilhosa está diante de mim tão rígida quanto uma pintura eternizada, e todo o júbilo não consegue bombear uma gota de felicidade do meu coração para o meu cérebro, e o homem por inteiro está diante do rosto de Deus como uma fonte seca, um balde esburacado. Muitas vezes, eu me lancei ao chão e implorei a Deus por lágrimas, como um fazendeiro suplica por chuva quando o céu acima dele está encoberto e a terra ao redor está sedenta.

Mas, infelizmente, eu sinto que Deus não dá chuva e sol às nossas orações veementes; e aqueles momentos, cuja lembrança me atormenta, por que foram tão abençoados, se não porque aguardei com toda a paciência por Seu espírito e, com coração pleno e intimamente grato, absorvi a alegria que Ele derramou sobre mim!

8 de novembro

Ela me criticou por meus excessos! Ah, mas foi com tanta amabilidade! Meus excessos, quando às vezes me deixo levar pela tentação de uma taça de vinho e acabo tomando uma garrafa. "Não faça isso!", exclamou ela, "pense em Lotte!" "Pensar!", retruquei eu. "Precisa me lembrar disso mesmo? Eu penso...! Eu não penso! Você está sempre na minha cabeça. Hoje fiquei sentado no local onde você recentemente desceu da carruagem." Ela puxou outro assunto, para não deixar que me aprofundasse nesse caso. Meu caro, estou perdido! Ela pode fazer o que quiser comigo.

15 de novembro

Agradeço-lhe, Wilhelm, pelo interesse sincero, pelos conselhos bem-intencionados, e lhe rogo que fique tranquilo. Deixe-me suportar; apesar de toda a minha exaustão, ainda tenho força suficiente para seguir adiante. Honro a religião, você bem sabe, sinto que é um cajado para muitos daqueles que estão cansados, um refresco para muitos que padecem. Mas será que pode, que precisa ser assim para todos? Se você olhar para o grande mundo, verá milhares para quem não foi, milhares para quem não será, com ou sem pregação, e comigo precisa ser dessa forma? O próprio Filho de Deus não diz que estariam ao redor dele aqueles que o Pai lhe entregara? E se eu não tiver sido entregue a ele? Se o Pai quiser me manter consigo, como diz meu coração? Peço que não me interprete mal, não veja zombaria nessas palavras inocentes; é toda a minha alma que exponho diante de você; caso contrário, preferiria ter ficado calado, pois não gosto de gastar nem sequer uma palavra sobre o que eu sei tão pouco quanto qualquer outro homem. O que, além do destino humano, significa aguentar seu fardo e tomar seu cálice por inteiro? E se o cálice foi muito amargo para o Deus do céu em seus lábios humanos, por que eu deveria me gabar e agir como se fosse doce nos meus? E por que deveria me envergonhar, no momento terrível em que todo o meu ser treme entre o ser e o não ser, quando o passado brilha como um raio sobre o abismo escuro do futuro, e tudo ao meu redor afunda e o mundo perece comigo? Não é a voz de uma criatura completamente presa em si mesma, privada de si e que despenca inexoravelmente, rangendo nas profundezas de seus poderes em vão: "Meu Deus! Meu Deus! Por que me abandonaste?"; e deveria eu ter vergonha dessa expressão, deveria ter medo do momento em que nem mesmo aquele que enrola os céus como um lençol conseguiu escapar?

21 de novembro

Ela não enxerga, ela não sente que está preparando um veneno que destruirá a mim e a ela; e eu, com plena luxúria, beberico do cálice que ela me entrega para minha ruína. Para que serve o olhar gentil que ela muitas vezes — muitas vezes? — não, muitas vezes, não, e sim, às vezes, dirige a mim, a complacência com que aceita uma expressão involuntária dos meus sentimentos, para que serve a compaixão pelo sofrimento estampada em sua testa?

Ontem, quando eu estava saindo, ela estendeu a mão e disse: "Adeus, querido Werther!". Querido Werther! Foi a primeira vez que ela me chamou de querido, e isso me atingiu até os ossos.

Repeti essa frase para mim mesmo uma centena de vezes e, ontem à noite, quando estava prestes a me deitar e entabulava conversa comigo mesmo sobre todo tipo de coisa, de repente disse: "Boa noite, querido Werther!", e, em seguida, precisei rir de mim mesmo.

22 de novembro

Não posso rezar: "Deixe-me ficar com ela!", e, ainda assim, muitas vezes ela parece ser minha. Não posso rezar: "Entregue-a para mim!", porque ela é de outro. Brinco com minhas dores, pois, se eu me entregasse a elas, haveria uma ladainha inteira de antíteses.

24 de novembro

Ela sente o que eu aguento. Hoje, o olhar dela atravessou em cheio meu coração. Encontrei-a sozinha; eu não disse nada, e ela me encarou. E eu já não via nela a encantadora beleza, já não via o brilho daquele espírito glorioso; tudo isso havia desaparecido diante de meus olhos. Um olhar muito mais esplêndido me atingiu, cheio da mais profunda empatia, da mais doce compaixão. Por que não consegui me jogar aos pés dela? Por que não consegui responder com mil beijos em seu pescoço? Ela se refugiou ao piano e, para combinar com sua voz doce e tranquila, expirou sons harmoniosos. Nunca vi seus lábios tão encantadores; parecia que se abriam em um desejo de sorver aqueles tons doces que brotavam do instrumento, e apenas o eco secreto daquela boca pura ressoasse — sim, se eu pudesse te dizer isso... Não resisti mais nem um momento, curvei-me e jurei: jamais ousarei lhe dar um beijo, lábios em que flutuam os espíritos do céu... E, ainda assim, eu o farei... Ah! Você vê, isso se ergue como uma divisória diante da minha alma — essa bem-aventurança — e, então, perece para expiar esse pecado... Pecado?

26 de novembro

Às vezes, digo a mim mesmo: seu destino é único; chame todos os outros de felizes — então, ninguém foi tão atormentado assim. Então li um poeta antigo e me pareceu como se estivesse encarando meu próprio coração. Tenho tanto a suportar! Ah, será que pessoas antes de mim foram tão infelizes assim?

30 de novembro

Eu não deveria, não deveria me recompor! Onde quer que eu entre, encontro uma aparição que me deixa totalmente sem rumo. Hoje! Ó, destino! Ó, humanidade!

Fui caminhar à beira do rio no horário do almoço, não tive a menor vontade de comer. Tudo era desolação, um vento frio e úmido soprava da montanha, e nuvens cinzentas de chuva avançavam vale adentro. Ao longe, vejo uma pessoa com um casaco verde um tanto esfarrapado, esgueirando-se em meio aos rochedos, parecendo buscar ervas. À medida que me aproximava dele, e ele se virou ao ouvir o barulho que eu fazia, vi uma fisionomia muito interessante, em que um luto silencioso era o traço principal, mas que, tirando isso, expressava apenas bom senso; seus cabelos pretos estavam presos em duas mechas, e o restante estava amarrado em uma trança forte que lhe descia pelas costas. Como suas roupas me pareciam indicar uma pessoa de posição inferior, pensei que não ficaria ofendido se eu acompanhasse com atenção sua atividade ali, e, em seguida, lhe perguntei o que estava buscando. Em um suspiro profundo, ele me respondeu: "Flores... e não consegui encontrar nenhuma". "Talvez porque não estejamos na estação", comentei eu, sorrindo. "Há tantas flores", disse ele, descendo até se aproximar de mim. "No meu jardim há dois tipos de rosa e madressilva — uma delas foi meu pai quem me deu. Elas crescem como mato. Faz dois dias que estou procurando e não consigo encontrar. Sempre há flores por estas bandas, amarelas, azuis e vermelhas, e até o fel-da-terra dá uma florzinha linda, mas não consigo achar nenhuma." Notei algo estranho, por isso lhe perguntei, não diretamente, e sim com um rodeio: "O que será que ele deseja com as flores?". Um sorriso maravilhoso e espasmódico fez o rosto dele se contorcer.

"Se não me denunciar", disse ele, pousando e apertando um dedo sobre a boca, "direi que prometi um buquê à minha amada." "Que coragem", disse eu. "Ah", respondeu ele, "ela tem muitas outras coisas, ela é rica." "E, ainda assim, ela vai adorar o buquê", respondi. "Ah!", continuou ele, "ela tem joias e uma coroa." "Qual é o nome dela?" "Se os Estados Gerais pagassem o que me devem", respondeu ele, "eu seria outra pessoa! Sim, houve um tempo em que eu estava muito bem! Agora, não sou mais ninguém. Sou apenas isto aqui." Olhos rasos d'água voltados ao céu expressavam tudo. "Então, você foi feliz?", perguntei. "Ah, eu queria ser como já fora!", respondeu. "Eu me sentia tão bem, tão alegre, tão solto como um peixe na água!" "Heinrich!", gritou uma idosa que vinha em nossa direção: "Heinrich, onde você se meteu? Estamos procurando por você em todos os lugares, venha jantar". "É seu filho?", questionei, aproximando-me dela. "Sim, meu pobre filho!", respondeu. "Deus deixou uma cruz pesada sobre mim." "Há quanto tempo ele está assim?", eu quis saber, ao que ela respondeu. "Ele está quieto assim faz seis meses. Graças a Deus, ficou desse jeito; antes foi pior, durante um ano, ficou enlouquecido, a ponto de ser acorrentado em um hospício. Agora, não prejudica ninguém, apenas tem que lidar com reis e imperadores. Era uma pessoa tão boa e tranquila, que me ajudava na subsistência, escrevia com sua bela caligrafia e, de repente, entrou nessa melancolia, numa febre descontrolada, depois em puro frenesi, e agora está como o senhor o vê. Se eu lhe contasse tudo, senhor." Interrompi o fluxo de suas palavras com a pergunta: "Qual foi aquela época da qual ele se vangloria de estar tão feliz, tão confortável?" "É um tolo!", exclamou, com um sorriso compassivo. "Ele se refere ao tempo em que estava fora de si, é disso que se vangloria; foi a época em que estava no hospício, onde não sabia nada de si mesmo." Aquilo me atingiu como um raio, pus uma moeda na mão dela e, apressado, deixei-a.

"Como você era feliz!", exclamei para mim mesmo, caminhando às pressas em direção à cidade, "Quando estava tão confortável como um peixe na água! Deus do céu! Você fez com que o destino dos homens seja o de não serem felizes até que recuperem a razão e, então, voltem a perdê-la! Que miserável! E como invejo sua melancolia, a confusão de seus sentidos da qual padece! Você sai na esperança de colher flores para sua rainha, no inverno, e se entristece porque não consegue encontrar nenhuma e não compreende por que não consegue. E eu — eu saio desesperançado, sem propósito, e volto para casa do mesmo jeito que saí. Imagine que tipo de pessoa seria se os Estados Gerais lhe pagassem. Criatura feliz, que pode atribuir a falta de felicidade a um obstáculo terreno! Não sente, não sente que, em seu coração destruído, em seu cérebro estraçalhado, está sua desgraça, e nenhum rei da Terra conseguirá ajudá-lo. Que pereça inconsolavelmente aquele que zomba de um doente, que viaja até a fonte mais distante, que aumenta sua doença e torna sua vida mais dolorosa! Aquele que se vê superior a um coração oprimido, que, para se livrar dos remorsos e sofrimentos da própria alma, faz uma peregrinação ao Santo Sepulcro. Cada passo que suas solas deem em um caminho não percorrido é uma gota de alívio para a alma perturbada, e, a cada dia de jornada, o coração jaz mais leve de suas tantas tribulações. E vocês podem chamar isso de loucura, seus falastrões, em suas poltronas estofadas? Loucura! Ai, meu Deus! Veja minhas lágrimas! Tu, que precisou criar o homem em meio a tanta pobreza, também tinha que lhe dar irmãos que lhe roubavam a pouca pobreza, a pouca confiança que ele tinha em Ti, Senhor, o Todo-amoroso? Pois o que é a confiança em uma raiz curativa, nas lágrimas da videira, senão a confiança em Ti, de que pôs em tudo que nos rodeia o poder de cura e alívio de que precisamos em todas as horas? Pai, eu não sei! Pai, que antes preenchia toda a minha alma e agora virou o rosto para me evitar, chama-me para junto de Ti! Não continua seu silêncio! Seu silêncio não deterá esta alma sedenta — e será que um homem, um pai, seria capaz de se enfurecer caso seu filho que retorna inesperadamente o abraçasse e gritasse: 'Estou de volta, meu pai!'. Não se enfureça por eu interromper a jornada na qual, segundo a sua vontade, eu deveria permanecer por mais tempo. O mundo é o mesmo em todos os lugares, há recompensa e alegria pelo esforço e trabalho. No entanto, de que isso me adianta? Estou feliz apenas onde você está, e quero sofrer e desfrutar diante de Ti, Senhor." E Tu, querido Pai celestial, deveria mandá-lo embora?

1º de dezembro

Wilhelm! O homem sobre quem lhe escrevi, o feliz infeliz, era o escrevente do pai de Lotte, e uma paixão por ela, que ele nutriu, escondeu, mas que foi revelada, acabou fazendo com que ele fosse afastado do serviço, e isso o deixou louco. Com essas palavras secas, sinta o absurdo com que a história me conquistou, já que Albert me contou com a mesma calma com que você talvez a leia.

4 de dezembro

Eu lhe imploro — veja, estou mesmo acabado, não aguento mais! Hoje me sentei com ela; sentei-me, ela estava tocando piano, melodias variadas e toda expressiva! Toda...! Toda...! O que quer? Sentada no meu colo, a irmã mais nova dela estava limpando a boneca. Lágrimas me vieram aos olhos. Inclinei-me, e a aliança de casamento dela ficou bem na altura do meu rosto — minhas lágrimas escorreram — e, de repente, ela entrou naquela antiga e doce melodia celestial, tão de repente, e uma sensação de conforto e uma lembrança do passado, dos tempos em que eu ouvia a música, dos intervalos sombrios da frustração, das esperanças malogradas, e então... Andei de um lado para o outro na sala, meu coração sufocando sob aquela tensão. "Pelo amor de Deus", disse-lhe, avançando sobre ela com uma explosão violenta, "pelo amor de Deus, pare!" "Werther", disse ela com um sorriso que percorreu minha alma, "Werther, você está muito doente, seus pratos favoritos lhe causam aversão. Vá! Eu imploro, acalme-se." Afastei-me dela e... Deus! Você vê minha miséria e vai acabar com ela.

6 de dezembro

Como a figura me persegue! Acordado e sonhando, ela preenche toda a minha alma! Aqui, quando cerro os olhos, aqui, na minha testa, onde a visão interior se consolida, estão seus olhos negros. Aqui! Não consigo expressá-lo para você. Quando fecho os olhos, eles estão lá; como um mar, como um abismo, repousam diante de mim, dentro de mim, preenchendo os sentidos da minha testa.

O que é o homem, o semideus enaltecido! Não lhe faltam forças onde mais precisa delas? E quando ele se eleva na alegria ou naufraga no sofrimento, não é interrompido nos dois casos, trazido de volta à consciência fria e monótona, bem quando ansiava por se perder na plenitude do infinito?

Do editor ao leitor

Como eu gostaria que houvesse tantos testemunhos escritos de próprio punho dos últimos dias estranhos de nosso amigo que eu não precisasse interromper com uma narrativa a sequência de cartas que ele deixou.

Esforcei-me para coletar notícias precisas da boca daqueles que poderiam estar bem-informados de sua história; ela é simples, e todas as narrativas concordam entre si, exceto por alguns detalhes mínimos; as opiniões divergem e os julgamentos se dividem somente quanto à disposição das pessoas envolvidas.

O que nos resta é contar de modo consciente o que conseguimos saber com o esforço repetido, conectando as cartas deixadas pela pessoa que parte e não desconsiderar nem mesmo o menor pedacinho de papel que encontrar; especialmente porque é tão difícil descobrir as verdadeiras razões por trás de uma única ação quando ela ocorre entre pessoas que não são de natureza ordinária.

O ressentimento e o descontentamento criaram raízes cada vez mais profundas na alma de Werther, entrelaçaram-se com mais força e, aos poucos, tomaram conta de todo o seu ser. A harmonia de seu espírito foi completamente destruída; um calor e uma violência internos, que atrapalharam todas as forças da sua natureza, provocaram os efeitos mais adversos e acabaram por deixá-lo apenas com a exaustão, da qual ele se ergueu de forma mais temerosa do que havia lutado antes contra todos os males. A ansiedade de seu coração desgastou a força restante de seu espírito, sua vivacidade, sua perspicácia; ele se tornou um companheiro triste, cada vez mais infeliz e mais injusto quanto mais infeliz ficava. Ao menos é o que dizem os amigos de Albert; afirmam que Werther não conseguia avaliar um homem puro, tranquilo, que agora se tornara o partícipe de uma felicidade havia muito desejada e sua conduta para manter essa felicidade no futuro, ele que, por assim dizer, consumia todo o seu patrimônio todos os dias para, à noite, sofrer e se ver privado de tanto. Dizem que Albert não mudou em tão pouco tempo, ainda era a mesma pessoa que Werther conhecera desde o início, que tanto valorizava e honrava. Ele amava Lotte mais do que tudo, tinha orgulho dela e queria que todos a reconhecessem como a criatura mais esplendorosa que já existiu. Por esse fato não deveríamos considerá-lo culpado se ele quisesse evitar qualquer suspeita, se naquele momento não desejasse partilhar esse bem precioso com ninguém, mesmo que da maneira mais inocente? Eles admitem que Albert muitas vezes saía dos aposentos da mulher quando Werther estava com ela, mas não por ódio ou antipatia pelo amigo, e sim apenas porque sentia que sua presença era opressiva para Werther.

O pai de Lotte foi acometido por um mal que o manteve no quarto; e ele mandou seu coche até ela, e ela foi visitá-lo. Era um lindo dia de inverno, a primeira neve havia caído forte e cobrira toda a área.

Werther foi atrás dela na manhã seguinte para acompanhá-la no caso de Albert não ir buscá-la.

O clima bom teve pouco efeito em seu humor sombrio; uma pressão embotada pairava sobre sua alma, as imagens tristes haviam se instalado dentro dele, e sua mente não sabia como se movimentar, a não ser indo de um pensamento doloroso a outro.

Como ele vivia em uma eterna discórdia consigo mesmo, a condição dos outros também lhe parecia mais preocupante e confusa. Acreditava ter perturbado o belo relacionamento entre Albert e a esposa, e se culpava por isso, o que se mesclava a uma insatisfação secreta contra o marido de Lotte.

Quando estava em trânsito, seus pensamentos também voltavam a esse assunto. "Sim, sim", dizia consigo mesmo, rangendo secretamente os dentes, "essa é a companhia familiar, amigável, terna e empática, a lealdade tranquila e duradoura! Saturação e indiferença, isso que é! Todo negócio miserável não o atrai mais do que a preciosa, preciosa mulher? Será que aprecia a sorte que teve? Será que sabe respeitá-la como ela merece? Ele a tem, ora, ele a tem... Eu sei disso, assim como sei de todo o restante; acho que me acostumei com a ideia de que ele vai me enlouquecer, ele ainda vai me matar — será que conseguiu manter essa amizade comigo? Será que não enxerga minha devoção a Lotte como uma interferência em seus direitos e a minha atenção para com ela como uma acusação silenciosa? Sei bem, eu sinto, que me ver lhe causa algum desgosto, deseja que eu vá embora, minha presença está ficando desconfortável para ele."

Muitas vezes, ele interrompia seu passo rápido, muitas vezes, ficava parado em silêncio e parecia querer dar meia-volta, mas continuava caminhando e, com esses pensamentos e solilóquios, por fim chegou, por assim dizer, ao pavilhão de caça, quase contrariado.

Entrou pela porta, perguntou pelo velho e por Lotte, encontrou a casa com algum movimento. O garoto mais velho lhe contou que havia acontecido um infortúnio em Wahlheim, um camponês havia sido assassinado! — O que não lhe causou nenhuma impressão. Ele adentrou a sala e encontrou Lotte ocupada em persuadir o velho, que, apesar da doença, queria ir até o local para investigar aquele ato. O autor do crime ainda era desconhecido, o assassinado havia sido encontrado na soleira da porta naquela manhã; especulava-se que o homem esquartejado era criado de uma viúva que antes empregara outra pessoa, que havia saído da casa insatisfeita.

Quando Werther ouviu a história, teve um sobressalto violento. "É possível!", exclamou. "Tenho que ir até lá, não vou poder descansar nem por um instante." Correu para Wahlheim. Todas as lembranças ganharam vida em sua mente, e ele não duvidou nem por um momento que a pessoa que havia cometido o crime era aquele de quem ele tanto falava, que havia se tornado tão querido para ele.

Como teve que passar por entre as tílias para chegar à taberna onde haviam deixado o corpo, ficou horrorizado com o local que tanto amava. A soleira onde as crianças da vizinhança costumavam brincar estava coberta de sangue. Amor e lealdade, as mais belas emoções humanas, haviam se transformado em violência e assassinato. As fortes árvores estavam desfolhadas e cobertas com uma camada de gelo; as belas sebes, que se arqueavam sobre o muro baixo do cemitério, não tinham folhagem; e as lápides, forradas de neve, espreitavam pelas frestas.

Ao se aproximar da taberna, diante da qual toda a aldeia estava reunida, de repente se ouviu um berro. Uma tropa de homens armados fora vista a distância, e todos gritaram que o criminoso deveria ser trazido. Werther olhou e não ficou em dúvida por muito tempo. Sim, era o criado que tanto amava aquela viúva, que havia encontrado há algum tempo vagando por ali com uma raiva silenciosa, com um desespero secreto.

"O que você fez, infeliz!", bradou Werther ao avançar sobre o prisioneiro. Este último o encarou-o em silêncio, permanecendo calado por um tempo, até que, por fim, respondeu com bastante calma: "Ninguém a terá, ela não terá ninguém". O prisioneiro foi levado para a taverna, e Werther saiu às pressas.

Tudo que havia na essência de seu ser foi abalado por aquela emoção terrível e poderosa. Por um momento, ele foi arrebatado da própria tristeza, do descontentamento, da devoção indiferente; a empatia tomou conta dele de uma maneira insuperável, e ele foi tomado por um desejo indescritível de salvar o homem. Sentiu-o tão infeliz, achou-o tão inocente daquele crime, colocava-se com tanta firmeza no lugar dele que acreditou piamente que poderia persuadir os demais. Sem titubear, desejou poder falar pelo homem, proferir o discurso mais exaltado já estava na ponta da língua, correu para o pavilhão de caça e, no meio do caminho, não *pôde deixar de repetir em voz baixa tudo o que queria apresentar ao oficial de justiça.*

Ao entrar no salão, encontrou Albert, o que o perturbou por um instante; mas ele logo recuperou a compostura e expressou suas opiniões com convicção ao oficial de justiça. Este fez que não com a cabeça várias vezes e, embora Werther falasse com a maior vivacidade, paixão e verdade tudo o que uma pessoa poderia dizer em defesa de outra, o oficial de justiça não se comoveu, como é facilmente possível imaginar. Pelo contrário, não deixou nosso amigo terminar sua fala, contradisse-o com avidez e o repreendeu por proteger um assassino; mostrou-lhe que, dessa maneira, todas as leis seriam suspensas e toda a segurança do Estado seria arruinada. Ainda acrescentou que nada poderia fazer em um caso desses sem assumir para si a maior responsabilidade; tudo precisava transcorrer de modo ordenado, no curso prescrito.

Werther não se rendeu, e pediu que o oficial de justiça ao menos fizesse vista grossa caso ajudassem o homem a escapar! O oficial de justiça também refutou esse pedido. Albert, que por fim se intrometeu na conversa, acabou ficando do lado do velho. Werther foi voto vencido e, sofrendo terrivelmente, partiu depois de o oficial de justiça ter lhe dito diversas vezes: "Não, ele não pode ser salvo!".

Podemos perceber o quanto essas palavras devem tê-lo impressionado por uma nota que foi encontrada entre os papéis dele, e que certamente foi escrita naquele mesmo dia:

"Você não pode ser salvo, infeliz! Vejo que não podemos mais ser salvos".

O que Albert dissera por último sobre a questão do prisioneiro na presença do oficial de justiça fora extremamente desagradável para Werther: ele acreditou ter notado alguma sensibilidade consigo mesmo naquilo, e após refletir, ainda que não escapasse à sua argúcia a percepção de que os dois homens poderiam estar certos, ainda lhe parecia que teria que renunciar à sua essência mais íntima se o confessasse, se o admitisse.

Entre os papéis dele, encontramos um bilhetinho que se refere a isso, talvez expressando toda a sua relação com Albert:

"De que me adianta dizer isso para mim mesmo e repetir que ele é bom e honesto, se isso dilacera minhas entranhas? Não consigo ser justo".

Como era uma noite amena e o tempo começava a descongelar, Lotte voltou a pé com Albert. No caminho, ela olhava ao redor, aqui e ali, como se sentisse falta da companhia de Werther. Albert começou a falar dele, repreendendo-o e, ao mesmo tempo, sendo justo com ele. Abordou sua infeliz paixão e desejou que fosse possível afastá-lo de sua convivência. "Eu também desejo isso para o nosso bem", comentou ele, e continuou, "e lhe peço que cuide para dar outro rumo ao comportamento dele em relação a você, para reduzir a frequência de suas visitas. As pessoas estão atentas, e eu sei que já andaram falando sobre essa situação aqui e ali." Lotte ficou em silêncio, e Albert pareceu ter percebido o silêncio dela; pelo menos, desde então, não mencionou mais Werther para ela e, quando ela o mencionava, ele abandonava a conversa ou a desviava para outro assunto.

A vã tentativa de Werther de salvar o infeliz foi o último fulgurar da chama de uma luz moribunda; ele afundou ainda mais na dor e estagnação; em especial, ficou praticamente fora de si quando ouviu que talvez pudesse até ser chamado a testemunhar contra o homem, que agora negava tudo.

Tudo o que lhe acontecera de desagradável em sua vida ativa — o aborrecimento na representação do governo, tudo o mais que dera errado para ele, tudo o que alguma vez o ofendera — borbulhava dentro da sua alma. Ele encontrou em tudo isso uma justificativa para a estagnação, vendo-se afastado de todas as perspectivas, incapaz de compreender qualquer recurso com o qual se lida com os assuntos da vida cotidiana; e, dessa maneira, por fim, completamente entregue a seus sentimentos maravilhosos, ao seu modo de pensar e à paixão sem fim, na eterna monotonia de uma triste relação com a criatura afável e amada cuja paz ele perturbava, tomou de assalto suas forças, processando-as sem propósito nem perspectiva, cada vez mais próximo de um triste fim.

Gostaríamos de incluir aqui algumas das cartas deixadas por ele como um dos maiores testemunhos de sua perplexidade, paixão, pulsão e esforço incansáveis, e também do seu cansaço perante a vida.

12 de dezembro

Caro Wilhelm, estou no mesmo estado em que aqueles infelizes devem ter se encontrado quando se acreditava que estavam sendo possuídos por um espírito maligno. Às vezes, isso me afeta; não é medo, não é anseio — é uma fúria interior e desconhecida que ameaça irromper do meu peito, que me esgana! Ai de mim!

Ai de mim! E, então, vagueio por terríveis cenas noturnas desta estação do ano tão hostis ao ser humano.

Tive que sair ontem à noite. De repente, veio o degelo, ouvi dizer que o rio transbordou, todos os riachos vindos de Wahlheim haviam subido e inundado meu querido vale! À noite, depois das onze, saí correndo. É um espetáculo terrível ver as inundações turbulentas descendo das rochas à luz do luar, sobre plantações, prados, sebes e tudo mais; e subindo e descendo o amplo vale um mar tempestuoso em meio ao rugido do vento! E, quando a lua apareceu de novo e descansou sobre a nuvem negra, e a enchente rolava e ressoava diante de mim em uma reverberação terrivelmente esplendorosa, um arrepio tomou conta de mim, e, de novo, um anseio! Ah, fiquei em pé, de braços abertos diante do abismo, e respirei fundo! Para baixo! E me perdi no júbilo de lançar meus tormentos, meus sofrimentos para lá! Bradar na direção deles como as ondas! Ó! — E você não conseguia levantar o pé do chão e acabar com todo o tormento! — Minha hora ainda não se esgotou, eu sinto! Ó, Wilhelm! Com que alegria eu teria renunciado minha humanidade para rasgar as nuvens com aquele vento tempestuoso e segurar as enchentes! Ah! E será que um dia os encarcerados não poderão desfrutar dessa felicidade?

E enquanto eu, melancólico, olhava lá para baixo, para o lugar onde eu havia descansado com Lotte, embaixo de um salgueiro no meio de uma caminhada acalorada — ele também estava inundado, e eu mal reconheci o salgueiro! Wilhelm! E os prados, pensei, a área ao redor do pavilhão de caça! Quanto ficou destruído nosso caramanchão por essa torrente violenta! Foi o que pensei. E o raio de sol do passado espreitou, como parece um sonho de rebanhos, prados e honrarias para um prisioneiro. Eu me levantei! Não me arrependo, porque tenho coragem de morrer. Eu deveria, muito antes... E agora estou sentado aqui como uma velhota que pede madeira e pão nas portas para prolongar e aliviar sua existência moribunda e sem alegria por mais um momento.

14 de dezembro

O que está acontecendo, meu querido? Estou apavorado comigo mesmo! Não seria meu amor por ela o mais santo, o mais puro e o mais fraterno? Já senti algum desejo passível de condenação em minha alma? Não vou protestar — e, agora, sonhos! Ó, o quanto era verdadeiro aquilo que o povo sentia quando atribuía tais efeitos contraditórios a forças estranhas! Esta noite! Tremo ao dizê-lo, segurei-a nos braços, apertei-a com firmeza contra o peito e lhe cobri a boca que balbuciava palavras de amor com beijos intermináveis; meus olhos nadavam na embriaguez dos dela! Meu Deus! Sou culpado por ainda sentir felicidade, relembrando essas alegrias incandescentes com toda a intimidade? Lotte! Lotte! E para mim já é o fim! Meus sentidos estão confusos, não tenho mais forças para pensar direito há oito dias, meus olhos vivem cheios de água. Não me sinto bem em lugar nenhum, e me sinto bem em todo canto. Não desejo nada, não anseio por nada. Eu estaria melhor se partisse.

Nesse período, nessas circunstâncias, a decisão de deixar este mundo estava ganhando cada vez mais força na alma de Werther. Desde que regressara para o entorno de Lotte, essa sempre foi sua última perspectiva e esperança. Mas dizia a si mesmo que não deveria ser um ato precipitado, tampouco rápido, que queria dar esse passo com o máximo de convicção, com a determinação mais tranquila possível.

Suas dúvidas, seus conflitos consigo mesmo, são evidentes em um bilhete que provavelmente é uma carta que havia sido iniciada para Wilhelm e foi encontrado entre seus papéis sem data:

A presença, o destino e a participação dela no meu destino ainda arrancam as lágrimas derradeiras de meu cérebro queimado. Erguer a cortina e ir para trás dela! Isso é tudo! E por que a hesitação e a indecisão? Por que não se sabe como as coisas são lá atrás? E por que ninguém volta de lá? E que é próprio do nosso espírito intuir a confusão e a escuridão, sobre as quais não sabemos nada definitivo.

Por fim, ele ficou cada vez mais familiarizado com o triste pensamento e se sentiu alienado por ele, e sua resolução se tornou firme e irrevogável, como é possível testemunhar pela seguinte carta ambígua que escreveu ao amigo.

20 de dezembro

Obrigado por seu amor, Wilhelm, pois acolheu as palavras dessa forma. Sim, você tem razão: eu ficaria melhor se partisse. Não me agrada a sugestão que fez de voltar para ficar na companhia de vocês; ao menos gostaria de fazer um desvio, especialmente porque precisamos esperar que as geadas persistentes terminem para haver estradas boas. Também fico muito grato pelo fato de você querer me buscar; postergue sua vinda em apenas duas semanas, e espere uma carta minha com mais informações. É necessário que nada seja colhido antes de estar maduro. E catorze dias a mais ou a menos fazem grande diferença. Você deve dizer à minha mãe que ela precisa orar pelo filho e lhe pedir perdão em meu nome por todos os dissabores que lhe causei. Era o meu destino: entristecer aqueles a quem deveria ter dado alegria. Cuide-se, caríssimo! Que todas as bênçãos celestiais sejam derramadas sobre você! Adeus!

Nem ousamos expressar em palavras o que se passava na alma de Lotte neste momento, quais eram seus sentimentos em relação ao marido e ao infeliz amigo, embora possamos, conhecendo o caráter dela, ter uma vaga ideia e quem tiver uma bela alma feminina possa se imaginar e sentir por ela.

Uma coisa é certa: ela estava determinada a fazer tudo o que pudesse para afastar Werther, e, quando vacilava, era em virtude do cuidado cordial e amistoso que tinha pelo amigo, porque sabia quanto lhe custaria, na verdade, que seria quase impossível para ele. Mas, nessa época, ela foi pressionada a levar a situação a sério; seu marido permanecia em completo silêncio quanto a esse relacionamento, assim como ela sempre permanecera em silêncio sobre isso, e ela estava ainda mais ansiosa para provar, por meio de ações, o quanto seus sentimentos eram dignos dos dele.

No mesmo dia em que Werther escreveu a última carta ao amigo, no domingo antes do Natal, ele se dirigiu até a casa de Lotte à noite e a encontrou sozinha. Ela estava ocupada arrumando alguns brinquedos que havia embalado para dar de presente de Natal para os irmãos mais novos. Ele falou da diversão que os pequenos teriam e da época em que a abertura inesperada da porta e o aparecimento de uma árvore decorada com velas de cera, confeitos e maçãs causavam um êxtase paradisíaco. "Você ganhará", disse Lotte, enquanto escondia seu constrangimento por trás de um doce sorriso, "você também ganhará alguma coisa se for realmente bem-comportado. Uma velinha decorada e algo mais." "E o que você quer dizer com bem-comportado?", questionou ele em voz alta. "O que devo fazer? Como posso me portar? Querida Lotte!" "Quinta-feira à noite", continuou ela, "é véspera de Natal, as crianças vêm, meu pai também, todo mundo vai receber presente, você também virá — mas não antes disso." Werther hesitou. "Eu lhe imploro", continuou ela, "as coisas são *assim agora, imploro em nome da minha paz, as coisas não podem, não podem continuar assim."* Ele desviou os olhos dela e caminhou de um lado para o outro pela sala, murmurando: "Não podem continuar assim!" entre os dentes. Lotte, sentindo o estado terrível ao qual essas palavras o haviam levado, tentou distrair os pensamentos dele com uma infinidade de perguntas, mas foi tudo em vão. "Não, Lotte!", exclamou ele. "Eu não vou vê-la novamente!" "Por quê?", perguntou ela. "Werther, você pode, você tem que vir nos ver, apenas precisa se moderar. Ó, por que você teve que nascer com essa impetuosidade, essa paixão indomável por tudo que toca! Eu suplico", continuou ela, tomando a mão dele, "modere-se! Sua inteligência, suas ciências, seus talentos, o que eles lhe oferecem de prazeres dos mais variados! Seja homem, afaste esse triste apego por uma criatura que não conseguirá fazer nada além de ter compaixão por você." Ele rangeu os dentes e a encarou com tristeza. Ela continuou segurando a mão dele. "Apenas um momento de paz, Werther!", pediu ela. "Não sente que você se enganou, que se destruiu por vontade própria! Por que eu, Werther? Logo eu, que sou de outra pessoa? Logo eu? Eu temo... Eu temo que se resume apenas à impossibilidade de me possuir que torna esse desejo tão atraente para você." Ele retirou a mão da dela, encarando-a com um olhar fixo e relutante. "Sábia!", exclamou ele, "muito sábia! Será que não foi Albert que fez esse comentário? Político! Muito político!" "Qualquer um pode fazê-lo", retrucou ela. "E não teria no mundo nenhuma garota que satisfaça os desejos do seu coração? Esforce-se um pouco, procure-a, e eu juro que vai encontrar; porque, há muito tempo, deixa-me preocupada, por você e por nós, o confinamento ao qual você mesmo se impôs nos últimos tempos. Esforce-se, uma viagem o distrairá, deve distraí-lo! Procure, encontre um objeto digno de seu amor e retorne, e daí vamos desfrutar juntos da alegria de uma verdadeira amizade." "Isso poderia ser publicado", comentou ele com uma risada fria, "e recomendado a todos os mestres da corte. Querida Lotte! Permita que eu ainda tenha um pouco de tranquilidade, tudo vai ficar bem!" "Apenas isto que peço, Werther, que não venha antes da véspera de Natal!" Ele fez menção de responder, quando Albert entrou na sala. Desejaram-se boa-noite em um tom gélido, e caminharam constrangidos de um lado para o outro pela sala. Werther iniciou um discurso sem importância, que logo se extinguiu, assim como Albert, que em seguida perguntou à esposa sobre certas tarefas e, ao saber que ainda não haviam sido concluídas, disse-lhe algumas palavras que pareceram frias, até mesmo duras, na opinião de Werther. Ele queria partir, mas não conseguia e hesitou até as oito, quando seu descontentamento e a indignação aumentaram, até que a mesa foi posta, e ele pegou o chapéu e a bengala. Albert o convidou para ficar, mas ele, pensando que estava ouvindo apenas um comentário desimportante, agradeceu com indiferença e foi embora.

Ele chegou em casa, tomou o lampião da mão do criado, que a havia oferecido a ele, e foi sozinho para o quarto; chorou alto, falou com raiva consigo mesmo, andou violentamente de um lado para o outro e, por fim, lançou-se, ainda todo vestido, sobre a cama, onde o criado o encontrou. Ele se atreveu a entrar por volta das onze para perguntar se deveria tirar as botas do patrão, o que ele permitiu e, em seguida, proibiu o criado de entrar no quarto na manhã seguinte até que o chamasse.

Na manhã de segunda-feira, 21 de dezembro, ele escreveu a seguinte carta a Lotte, que foi encontrada lacrada em sua mesa *após a morte dele e entregue a ela, e que colocarei aqui parágrafo por parágrafo, conforme decorre das circunstâncias em que ele a escreveu.*

Está decidido, Lotte, quero morrer, e escrevo isso para você sem nenhum rompante romântico, com calma, na manhã do dia em que a verei pela última vez. Quando estiver lendo esta carta, minha cara, o túmulo frio já cobrirá os restos congelados da pessoa inquieta e infeliz que não conhece doçura maior para os últimos momentos da vida do que conversar com você. Tive uma noite terrível e, infelizmente, uma noite misericordiosa. Foi ela quem confirmou e determinou a minha decisão: quero morrer! Como me afastei de você ontem, na terrível indignação dos meus sentimentos, como tudo oprimia meu coração e como minha existência sem esperança e alegria ao seu lado naquela frieza terrível se apoderou de mim — mal cheguei ao meu quarto, joguei-me de joelhos no chão, fora de mim, e, ó, meu Deus! Concedeste-me o último alívio às lágrimas mais amargas! Mil tentativas, mil perspectivas percorreram minha alma, e, por fim, permaneceu ali, firme, completo, o último e único pensamento: quero morrer! Deitei-me e, pela manhã, na paz do despertar, ainda permanece firme, ainda continua muito forte dentro do meu coração: quero morrer! Não é desespero, é a certeza de que fui até o fim e estou me sacrificando por você! Sim, Lotte! Por que eu deveria me calar quanto a isso? Um de nós três precisa ir embora, e esse serei eu! Ó, minha querida! Neste coração dilacerado, o pensamento tem rondado com toda a fúria, com frequência: assassinar seu marido! Você! Eu! Que assim seja! Quando você subir a montanha em um lindo fim de tarde de verão, lembre-se de mim, como subi o vale tantas vezes, e, então, olhe para o meu túmulo no cemitério, como o vento soprava o mato alto de um lado para o outro à luz do sol poente — eu estava calmo quando comecei, agora, agora choro como uma criança, enquanto tudo isso se torna tão vívido ao meu redor.

Por volta das dez horas, Werther chamou seu criado e, enquanto se vestia, disse-lhe que partiria dentro de alguns dias e que, portanto, devia tirar todas as roupas do armário e preparar tudo para que as malas fossem feitas; ele também lhe deu ordens para buscar as contas em aberto que tinha em todos os lugares, recolher alguns livros que haviam sido emprestados e dar o dinheiro correspondente a dois meses a algumas pessoas pobres a quem ele ajudava toda semana.

Mandou que levassem a refeição até seu quarto e, depois do jantar, foi procurar o oficial de justiça, mas não o encontrou em casa. Caminhou pensativo de um lado para o outro no jardim e, por fim, pareceu querer acumular dentro de si toda a melancolia de suas lembranças.

Os pequenos não o deixavam sozinho por muito tempo; eles o perseguiam, saltaram sobre ele, disseram-lhe que se fosse amanhã, e amanhã de novo, e outro dia, ganhariam presentes de Natal de Lotte e lhe contaram as maravilhas que apenas sua pequena imaginação conseguia criar: "Amanhã!", exclamou ele, "e de novo amanhã! E outro dia!" — e beijou todos com carinho, e já ia deixá-los quando o pequeno ainda quis dizer algo mais ao pé do ouvido. Ele lhe contou que os irmãos mais velhos haviam escrito lindos votos de Ano Novo, bem grandes! E um para o pai, um para Albert e Lotte e um para o senhor Werther; eles queriam entregá-los mais cedo no dia de Ano-Novo. Aquilo o deixou abalado, ele deu algo a cada um, montou no cavalo, deixou seus cumprimentos para o velho e partiu com lágrimas nos olhos.

Chegou em casa por volta das cinco horas e mandou que a empregada cuidasse do fogo da lareira e o mantivesse aceso a *noite toda. Ordenou ao criado que deixasse os livros e as roupas íntimas no fundo da mala e colocasse seus trajes em sacos e depois os costurasse. Então, provavelmente escreveu o seguinte parágrafo de sua última carta para Lotte.*

Você não me espera! Acha que vou obedecer e não te verei até a véspera de Natal. Ó, Lotte! Hoje ou nunca mais. Na véspera de Natal, estará com este papel na mão, tremendo e o molhando com suas doces lágrimas. Eu vou, eu preciso! Ó, como estou feliz por ter tomado essa decisão.

Enquanto isso, Lotte havia caído em um estado peculiar. Depois da última conversa com Werther, ela sentiu como seria difícil para ela se separar dele e o quanto ele sofreria caso se afastasse dela.

Foi dito, como que de passagem, na presença de Albert, que Werther não voltaria antes da véspera de Natal, e Albert foi até um funcionário local com quem tinha negócios a tratar e onde passaria a noite.

Nesse momento, ela estava sentada, sozinha, nenhum dos irmãos estava por perto, e ela se deixou levar pelos pensamentos, que vagavam silenciosamente sobre suas circunstâncias. Viu-se para sempre ligada ao homem cujo amor e lealdade ela conhecia, de quem gostava de todo o coração, cujas tranquilidade e confiabilidade pareciam ter sido determinadas pelos céus e nas quais uma mulher honrada deveria embasar a felicidade de sua vida; ela sentiu o que ele seria para ela e seus filhos eternamente. Por outro lado, Werther havia se tornado tão querido para ela; desde o primeiro momento em que se conheceram, a harmonia do espírito deles ficou tão lindamente evidente; a longa convivência com ele e as tantas situações que viveram haviam deixado uma impressão indelével em seu coração. Ela já estava acostumada a partilhar com ele tudo o que a interessava e sentia, e o afastamento dele ameaçava deixar em todo o seu ser uma lacuna que não poderia voltar a ser preenchida. Ó, se ela pudesse tê-lo transformado em um irmão naquele momento, como teria ficado feliz! Se ela pudesse casá-lo com uma das amigas, poderia ter a esperança de que o relacionamento dele com Albert se restabelecesse por completo!

Ela pensara em suas amigas uma por uma e descobriu que havia algo errado com cada uma delas; assim, não encontrou ninguém que fosse merecedora.

Em meio a todas essas reflexões, ela sentiu profundamente, sem deixar claro para si mesma, que seu desejo sincero e secreto era mantê-lo para si; e, ao mesmo tempo, disse a si mesma que não poderia, não deveria, mantê-lo; seu espírito puro e belo, de outro modo tão leve e autossuficiente, sentiu a pressão de uma melancolia que impedia uma perspectiva de felicidade. Seu coração se sentiu oprimido, e uma nuvem de tristeza pairou sobre os olhos dela.

Então, eram seis e meia quando ouviu Werther subir as escadas, e logo reconheceu seus passos, sua voz perguntando por ela. Como palpitou seu coração, e podemos quase dizer pela primeira vez, com a chegada dele. Ela gostaria de ter dito que não estava e, quando ele entrou, ela gritou para ele com uma espécie de confusão apaixonada: "Você não cumpriu sua palavra". "Não prometi nada", foi a resposta dele. "Então, você deveria pelo menos ter atendido meu pedido", retrucou ela, "eu lhe pedi tranquilidade para nós dois."

Ela realmente não sabia o que estava dizendo ou o fazendo quando mandou chamar algumas amigas para não ficar sozinha com Werther. Ele deixou de lado alguns livros que havia trazido, perguntou sobre outros, e ora ela desejou que suas amigas chegassem, ora que ficassem longe dali. A criada voltou com a mensagem de que as duas pediram que as perdoassem, mas não poderiam ir.

Ela quis ordenar que a criada ficasse sentada na sala ao lado, mas acabou mudando de ideia de novo. Werther andava de um lado para o outro na sala, ela foi até o piano e começou a tocar um minueto que não queria fluir. Ela se recompôs e se sentou com calma ao lado de Werther, que ocupava seu lugar habitual no sofá.

"Não tem nada para ler?", perguntou ela. Ele não tinha nada. "Lá na minha gaveta", começou ela, "está sua tradução de alguns hinos de Ossian; ainda não li, porque sempre esperei ouvi-los de você; mas, desde então, não houve oportunidade, não conseguimos." Ele sorriu e buscou os hinos; um arrepio tomou conta dele quando os pegou, e seus olhos estavam cheios de lágrimas quando olhou para eles. Ele se sentou e leu.[21]

"Estrela da noite crepuscular, cintila tão bela no Ocidente, sua cabeça brilhante para fora de sua nuvem, avança majestosamente sobre sua colina. O que está olhando no prado? Os ventos tempestuosos se atenuaram, de longe chega o murmúrio do riacho, ondas ruidosas brincam nas rochas ao longe, o zumbido das moscas ao cair da tarde fervilha pelo campo. Para onde está olhando, linda luz? Mas você sorri e vai; as ondas te cercam de

21 Goethe fizera esta tradução de *The Song of Selma, parte de The Songs of Ossian, supostamente traduzido por James Macpherson (1736-1796). (N. do T.)*

alegria e banham seus belos cabelos. Adeus, raio calmo. Apareça, luz esplendorosa da alma de Ossian!

"E ela aparece em sua força. Eu vejo meus amigos mortos, eles se reúnem em Lora, como nos dias que se foram. Fingal chega como uma úmida coluna de névoa; ao redor dele estão seus heróis, e eis que! Os bardos da canção: Ullin cinza! O nobre Ryno! Alpin, adorável cantor! E tu, Minona, que lamenta suavemente! Como mudaram, meus amigos, desde os dias festivos em Selma, em que competíamos pela honra do cantar, enquanto as brisas primaveris curvavam a grama que sussurra baixo em direção à colina.

"Eis que Minona emergiu em sua beleza, com olhos baixos e cheios de água, seus cabelos esvoaçando pesadamente no instável vento que da colina soprava. A alma dos heróis ficou sombria quando ela ergueu sua voz doce; porque muitas vezes tinham visto o túmulo de Salgar, muitas vezes a morada escura da branca Colma. Colma, abandonada no morro com a voz harmoniosa; Salgar prometeu vir, mas a noite se fechava ao redor. Ouça a voz de Colma enquanto estava sentada a sós na colina."

Colma

"É noite! Estou sozinha, perdida na colina tempestuosa. O vento sopra ruidoso nas montanhas. O riacho uiva pelas rochas abaixo. Nenhuma cabana me protege da chuva, confio na colina tempestuosa. Sai, ó Lua, das tuas nuvens, apareçam, estrelas da noite! Que algum raio me guie até o lugar onde meu amor repousa *das aflições da caça, seu arco afrouxado ao seu lado, seus cães ofegando perto dele! Mas aqui eu preciso ficar sentada e sozinha nas rochas do riacho coberto de vegetação. O riacho e a tempestade rugem, eu não ouço a voz do meu amado.*

"Por que meu Salgar hesita? Esqueceu sua palavra? Ali estão a rocha e a árvore, e aqui o riacho rumoroso! Com o cair da noite, prometeste estar aqui, ah! Onde meu Salgar se perdeu? Queria fugir contigo, abandonando meus orgulhosos pai e irmão! Há muito que nossas famílias são inimigas, mas nós não somos inimigos, ó, Salgar!

"Ó, vento, silencia por um tempo! Apenas por um tempo, oh, riacho, que minha voz ressoe pelo vale para que meu viajante possa me ouvir. Salgar! Sou eu quem chama! Aqui estão a rocha e a árvore! Salgar! Meu amado! Aqui estou eu; por que hesitas em vir?

"Vê, a Lua surge, as águas brilham no vale, as rochas se erguem cinzentas pela colina; mas não o vejo nas alturas, seus cães à sua frente não anunciam sua chegada. Tenho que ficar aqui sentada, sozinha.

"Mas quem são aqueles que jazem na charneca? Meu amado? Meu irmão? Falai, ó, meus amigos! Não respondem. Quanto minha alma está perturbada! Ai, estão mortos! Suas espadas, vermelhas da batalha! Ó, meu irmão, meu irmão, por que mataste meu Salgar? Ó, meu Salgar, por que mataste meu irmão? Eu os amava tanto! Ó, fostes belos na colina entre os milhares! Foram terríveis na batalha. Respondam-me! Ouçam minha voz, meus amados! Mas, infelizmente, estão mudos, para sempre mudos! O peito deles, frio como a terra!

"Ó, da rocha da colina, do cume da montanha tempestuosa, falem, espíritos dos mortos! Falem! Eu não preciso me apavorar! Aonde foram descansar? Em qual tumba das montanhas vos encontrarei? Não ouço nenhuma voz fraca ao vento, nem uma resposta uivante na tempestade da colina. Fico aqui, em meus lamentos, aguardando a manhã em meio às lágrimas. Cavem a sepultura, amigos dos mortos, mas não a fechem até que eu chegue. Minha vida desaparece como um sonho; como posso ficar para trás! Aqui eu desejo ficar com meus amigos, junto ao riacho que brota da rocha... Quando a noite cair sobre a colina e o vento soprar na charneca, meu espírito ficará ao vento e se enlutará pela morte de meus amigos. O caçador me ouve de seu caramanchão, teme minha voz e a adora; pois minha voz deve ser doce por meus amigos, eles eram tão amados!

"Essa foi tua canção, ó, Minona, a filha ligeiramente enrubescida de Torman. Nossas lágrimas correram por Colma, e nossa alma se tornou sombria.

"Ullin apareceu com a harpa e nos apresentou o canto de Alpin — a voz de Alpin era gentil, a alma de Ryno, um feixe de fogo. Mas já estavam descansando na morada estreita, e a voz deles se dissipara em Selma. Certa vez, Ullin retornou da caça antes que os heróis tombassem. Ele ouviu os cantos do enfrentamento na colina. A canção era suave, mas triste. Lamentava a queda de Morar, o primeiro dos heróis. A alma dele era como a de Fingal, sua espada, como a de Oskar, mas ele tombou, e seu pai lamentou, e os olhos da irmã ficaram rasos d'água, os olhos de Minona ficaram rasos d'água, a irmã do esplendoroso Morar. Ela se afastou da canção de Ullin, como a Lua no oeste, que prevê a

chuva tempestuosa e esconde sua bela face atrás de uma nuvem. Toquei a harpa com Ullin ao som do hino de luto."

Ryno

"O vento e a chuva passaram, o meio-dia está tão claro que as nuvens estão se abrindo. O Sol inconstante brilha na colina, impermanente. O riacho avermelhado flui da montanha para dentro do vale. Doce é o teu murmúrio, riacho, mas mais doce ainda é a voz que ouço. É a voz de Alpin, lamentando os mortos. Sua cabeça já se curva pela idade, e seus olhos marejados estão vermelhos. Alpin, excelente cantor, por que está sozinho na colina silenciosa? Por que lamentas como uma rajada de vento na floresta, como uma onda numa costa distante?"

Alpin

"Minhas lágrimas, Ryno, são pelos mortos, minha voz, pelos habitantes do túmulo. És esbelto sobre colina, belo entre os filhos da charneca. Mas tombará como Morar, e, em sua sepultura, o enlutado ficará sentado. As colinas vão te esquecer, teu arco no saguão, afrouxado.

"Foste rápido, ó, Morar, como um cervo na colina, terrível como os fogos noturnos no céu. Tua fúria foi tempestade, tua espada na batalha foi como um raio sobre a charneca. Tua voz era como o riacho da floresta depois da chuva, o trovão sobre as colinas distantes. Alguns caíram pelos teus braços, consumindo-os a chama da tua raiva. Mas quando voltaste da guerra, quão tranquila estava tua testa! Teu rosto era como o Sol após a tempestade, como a Lua na noite silenciosa, teu peito calmo como o lago quando o vento se apazigua.

"Tua morada agora é estreita, teu lugar, escuro! Meço tua cova em três passos, ó, tu, que foste tão grandioso! Quatro pedras com pontas cobertas de musgo são tua única lembrança; uma árvore desfolhada, mato alto que sussurra ao vento, aponta ao olhar do caçador o túmulo do poderoso Morar. Não tens mãe por quem chorar, nenhuma donzela com lágrimas de amor. Morta está aquela te deu à luz, a filha caída de Morglan.

"Quem é esse com um cajado? Quem é esse cuja cabeça é branca pela velhice, cujos olhos estão vermelhos de lágrimas? É teu pai, ó, Morar, o pai de nenhum filho além de ti. Ele ouviu da sua reputação na batalha, ouviu falar dos inimigos dispersos, ouviu a fama de Morar! Ah! Nada sobre seu ferimento? Chora, pai de Morar, chora! Mas teu filho não te ouve. Profundo é o sono dos mortos, baixo é seu travesseiro de poeira. Ele nunca atende à voz, nunca desperta ao seu chamado. Ó, quando chegará a manhã à sepultura para dizer ao adormecido: desperta!

"Adeus, mais nobre dos homens, conquistador no campo de batalha! Mas o campo nunca mais te verá, nunca mais a floresta sombria será iluminada pelo brilho de teu aço. Não deixaste *nenhum filho, mas a canção preservará teu nome, os tempos futuros ouvirão falar de ti, ouvirão falar de Morar caído.*

"O luto dos heróis era alto, e a demonstração mais alta de todas, o suspiro estrondoso de Armin. Aquilo o lembrava da morte do próprio filho, que morreu na juventude. Carmor ficou sentado ao lado do herói, o príncipe da ruidosa Galmal. "Por que suspiras Armin, o lamurioso?", perguntou ele, "o que há para chorar aqui? Não ressoam uma canção e um cântico para derreter e refrescar a alma? São como uma névoa suave que se ergue do lago e se estende pelo vale, e as flores desabrochando se enchem de orvalho, mas o Sol retorna com força, e a neblina se dissipa. Por que estás tão lamurioso, Armin, senhor de Gorma, terra cercada por lagos?

"Lamurioso! Ora, é como estou, e não que haja poucos motivos para as minhas dores... Carmor, não perdeste um filho, não perdeste uma filha na flor da idade; Colgar, o corajoso, vive, e Annira, a mais linda das donzelas. Os ramos da tua casa florescem, ó, Carmor, mas Armin é o último da tua tribo. Teu leito é escuro, ó, Daura! Abafado é teu sono na sepultura — quando acordarás com tuas canções, com tua voz melodiosa? Levantai, ventos do outono! Levantai, atacai a charneca escura! Riachos da floresta, rugi! Uivai, tempestades, na copa dos carvalhos! Vagai pelas nuvens dissipadas, ó, Lua, mostre, ora sim, ora não, seu rosto pálido! Lembro-me da noite terrível em que meus filhos morreram, quando Arindal, o poderoso, pereceu, Daura, o amor, morreu.

"Daura, minha filha, eras linda, linda como a Lua sobre as colinas de Fura, branca como a neve caída, doce como o ar que se respira! Arindal, teu arco era forte, tua lança, rápida no campo

de batalha, teu olhar, como névoa sobre a onda, teu escudo, uma nuvem de fogo na tempestade!

"Armar, famoso na guerra, veio e cortejou o amor de Daura; ela não resistiu por muito tempo. As esperanças de seus amigos eram belas.

"Erath, filho de Odgal, enfureceu-se, pois, seu irmão jazia, assassinado por Armar. Chegou disfarçado de barqueiro. Seu barco era lindo sobre as ondas, os cachos, brancos pela idade, o rosto, sério e calmo. "Bela donzela", disse ele, "adorável filha de Armin, lá na rocha, não muito longe do mar, onde a fruta vermelha brilha na árvore; lá, Armar espera Daura: venho para conduzir seu amor através do mar agitado.

"Ela o seguiu e chamou Armar; além da voz da rocha, nada respondeu. Armar! Meu amor! Meu amor! Por que me assustas tanto? Ouve, filho de Arnarth! Ouve! É Daura quem te chama!

"Erath, o traidor, fugiu para terra firme, rindo. Ela levantou a voz, chamou o pai e o irmão: 'Arindal! Armin! Não há ninguém para salvar tua Daura?'.

"Sua voz veio do outro lado do mar. Arindal, meu filho, desceu da colina, arrastando as presas caçadas, as flechas chacoalhando ao seu lado, o arco, carregado na mão, cinco mastins preto-acinzentados o cercando. Ele avistou o ousado Erath na margem, agarrou-o e o amarrou no carvalho, trançando-o com firmeza na cintura, o homem amarrado encheu os ventos de gemidos.

"Arindal entrou nas ondas em seu barco para trazer Daura à terra. Armar chegou em fúria, disparou a flecha de penas cinza, ela zumbiu, cravou-se em seu coração: 'Ó, Arindal, meu filho! Em vez de Erath, o traidor, tu morreste, o barco atingiu a rocha, *ele afundou e pereceu. O sangue do teu irmão fluiu aos teus pés, qual não foi teu lamento, ó, Daura!'. As ondas estraçalharam o barco. Armar correu para o mar para salvar sua Daura ou morrer. Uma lufada de vento irrompeu rapidamente colina abaixo até as ondas — ele afundou e nunca mais se ergueu.*

"Sozinho, nas rochas banhadas pelo mar, ouvi os lamentos da minha filha. Seus gritos eram altos e extensos, mas seu pai não conseguiu salvá-la. Fiquei à margem a noite toda, vi-a embaixo dos tênues raios do luar, ouvi seus gritos durante a noite inteira, o vento soava forte e a chuva batia vigorosamente na encosta da montanha. Sua voz ficou fraca antes que a manhã surgisse; desapareceu como o ar da noite entre o matagal das rochas. Carregada pela tristeza, ela morreu, deixando Armin sozinho! Esvaiu-se minha força na guerra, tombou meu orgulho entre as donzelas.

"Quando chegam as tempestades da montanha, quando o vento norte levanta as ondas, sento-me na costa ressonante, encarando a rocha terrível. Muitas vezes, na Lua poente, vejo os fantasmas de meus filhos, na penumbra, eles caminham juntos em triste harmonia."

Uma torrente de lágrimas que brotou dos olhos de Lotte e deu vazão ao seu coração oprimido inibiu o canto de Werther. Ele jogou o papel no chão, tomou a mão dela e chorou as lágrimas mais amargas. Lotte se apoiou na outra mão e escondeu os olhos no lenço. A comoção dos dois era excruciante. Sentiram a própria miséria no destino dos nobres, sentiram-na juntos, e suas lágrimas se uniram. Os lábios e olhos de Werther incandesceram nos braços de Lotte, e um arrepio tomou conta dela. Ela quis ir embora, e a dor e a empatia pesavam sobre ela como chumbo. Ela respirou fundo para se recuperar e implorou, soluçando, que ele continuasse, insistindo com uma voz celestial! Werther tremeu, seu coração queria explodir, ele tomou o papel e leu, meio despedaçado:

"Por que me acordas, ar primaveril? Cortejas-me e dizes: eu me orvalho com gotas do céu! Mas está próximo meu tempo de fenecer, está próxima a tempestade que destruirá minhas folhas! Amanhã chegará o viajante, virá aquele que me viu em minha beleza, seus olhos me procurarão ao redor no campo e não me encontrarão."[22]

Toda a força dessas palavras recaiu sobre o infeliz. Ele se lançou ao chão diante de Lotte em completo desespero, tomou as mãos dela, pressionou-as nos olhos, na testa, e a intuição de seu terrível plano pareceu pairar pela alma dela. Seus sentidos se estavam confusos, ela apertou as mãos dele, pressionou-as contra o peito, inclinou-se para ele com um movimento melancólico, e suas bochechas ardentes se tocaram. O mundo desapareceu para eles. Ele a abraçou, apertou-a contra o peito e lhe cobriu os lábios trêmulos e gaguejantes com beijos furiosos. "Werther!", gritou ela, com a voz abafada, defendendo-se: "Werther!", e afastou o peito dele com uma mão enfraquecida; "Werther!", falou ela com um tom sereno do sentimento mais nobre. Ele não resistiu, soltou-a dos braços e se lançou ensandecido diante dela. Ela se levantou rapidamente, e, em desespero, trêmula entre o amor e a fúria, disse: "Esta é a última vez! Werther! Você não vai me ver de novo". E com o olhar mais cheio de amor sobre o coitado, ela correu para o quarto contíguo e trancou a porta atrás de si. Werther estendeu os braços na direção dela, sem ousar impedi-la. Deitou-se no chão

22 Tradução de parte de *Berrathon: A Poem, de Ossian*, supostamente traduzido por James Macpherson.

com a cabeça apoiada no sofá e permaneceu nessa posição por mais de meia hora, até que um barulho fez com que caísse em si. Era a criada, que queria pôr a mesa. Ele caminhou de um lado para o outro no recinto e, quando se viu sozinho de novo, foi até a porta do quarto e chamou em voz baixa: "Lotte! Lotte! Apenas mais uma palavra! Um adeus!". Ela permaneceu em silêncio. Ele esperou, implorou e insistiu; em seguida, afastou-se e gritou: "Adeus, Lotte! Adeus para sempre!".

Ele chegou ao portão da cidade. Os guardas, já acostumados com ele, deixaram-no sair sem dizer palavra. O clima oscilava entre chuva e neve, e apenas às onze horas, ele bateu de novo à porta de casa. Quando Werther entrou em casa, o criado percebeu que seu senhor estava sem chapéu. Não se atreveu a dizer nada, despiu-o — estava tudo molhado. O chapéu foi encontrado mais tarde em uma rocha com vista para o vale na encosta da colina, e é incompreensível como ele a escalou em uma noite escura e úmida sem despencar.

Ele foi para a cama e dormiu muito tempo. O criado o encontrou escrevendo quando lhe levou café na manhã seguinte a pedido dele. Ele escreveu em sua carta a Lotte:

Pela última vez, então, pela última vez, abro estes olhos. Ah, eles infelizmente não poderão mais ver o Sol, um dia escuro e nublado os mantém encobertos. Então, lamente-se, natureza! Teu filho, teu amigo, teu amado, está chegando ao fim. Lotte, esse é um sentimento como nenhum outro, e ainda assim se aproxima mais de um sonho crepuscular dizer a si mesmo: esta é a última manhã. A última! Lotte, não vejo nenhum sentido nesta palavra: a última! Não estou eu aqui, em pé, com todas as minhas forças, e amanhã estarei estendido e desfalecido no chão. Morrer! O que isso significa? Veja, nós sonhamos quando falamos de morte. Já vi muitas pessoas morrerem, mas a humanidade é tão limitada que não há sentido para o início e o fim da sua existência. Eis que então é a minha, a sua! Sua, ó, amada! E, por um momento — separados, apartados — talvez para sempre? Não, Lotte, não... Como posso perecer? Como você pode morrer? Já estamos, sim! Falecer! O que isso significa? É outra palavra, um som vazio, sem nenhum sentimento pelo meu coração. Morto, Lotte! Enterrado na terra fria, tão estreita! Tão sombria! Tive uma amiga que foi tudo para mim em minha juventude indefesa; ela morreu, e eu segui seu cadáver e fiquei ao lado da cova enquanto baixavam o caixão e soltavam as cordas que zuniram embaixo dele e as puxaram para cima; em seguida, a primeira pá caiu, e a tampa apavorante fez um som abafado, e cada vez mais abafado, e, por fim, foi coberto! Lancei-me ao lado do túmulo — emocionado, abalado, assustado, minhas entranhas dilaceradas, mas eu não sabia o que estava acontecendo comigo, o que aconteceria comigo... Morte! Túmulo! Não entendo as palavras!

Ó, perdoe-me! Perdoe-me! Por ontem! Deveria ter sido o último momento da minha vida! Ó, anjo! Pela primeira vez, pela primeira vez sem dúvida, o sentimento de júbilo incandesceu no mais íntimo do meu ser: ela me ama! Ela me ama! O fogo sagrado que fluía de seus lábios ainda queima sobre os meus, um regozijo novo e quente brota em meu coração. Perdoe-me! Perdoe-me!

Ah, eu sabia que você me amava, sabia desde os primeiros olhares plenos de um sentimento profundo, desde o primeiro aperto de mão, mas, quando me afastei de novo, quando vi Albert ao seu lado, vacilei novamente em dúvidas febris.

Lembra-se das flores que você me mandou quando não conseguiu me dizer nenhuma palavra ou me estender a mão naquela companhia fatal? Ó, ajoelhei-me diante delas durante metade da noite, e elas selaram para mim o seu amor. Mas, ah! Infelizmente, essas impressões desapareceram, assim como o sentimento da graça de seu Deus desaparece aos poucos da alma do fiel, que lhe fora dada com toda a plenitude do céu em sinais sagrados e visíveis.

Tudo isso é temporário, mas nenhuma eternidade deve extinguir a vida candente que desfrutei ontem em seus lábios, que sinto dentro de mim! Ela me ama! Este braço a abraçou, estes lábios tremeram contra os dela, esta boca gaguejou na dela. Ela é minha! Você é minha! Sim, Lotte, para sempre.

E por que Albert é seu marido mesmo? Marido! Seria pecado para este mundo — e pelos pecados deste mundo — que eu a ame, que eu queira arrancar você dos braços dele para tomá-la nos meus? Pecado? Bem, e eu me penitencio por isso; experimentei-o em todo o seu êxtase celestial, esse pecado, e suguei o bálsamo da vida e força para o meu coração. Você, a partir deste momento, é minha! Minha, ó, Lotte! Estou indo na frente! Vou até meu Pai, até seu Pai.[23] Reclamarei com ele, e Ele me confortará até que você chegue, e voarei ao seu encontro e a agarrarei e ficarei com você diante da face do Infinito em abraços eternos.

Não estou sonhando, não estou imaginando! Perto do túmulo fica mais claro para mim. Ficaremos juntos! Ver-nos-emos de novo! Vou ver sua mãe! Vou vê-la, encontrá-la, ah, e, diante dela, abrir meu coração! Sua mãe, sua imagem.

Por volta das onze horas, Werther perguntou ao criado se Albert havia voltado. O criado informou que sim, tinha visto o cavalo por ali. Então, o senhor lhe entrega um bilhetinho aberto com os seguintes dizeres: "Poderia me emprestar suas pistolas para uma viagem planejada? Passar muito bem!".

A querida esposa dormiu pouco na noite anterior; o que ela temia fora decidido, decidido de uma maneira que ela não

23 Referência a João, 14:28: "Ouvistes o que eu vos disse: vou e volto a vós. Se me amardes, certamente haveis de alegrar-vos, que vou para junto do Pai, porque o Pai é maior do que eu". (N. do T.)

poderia suspeitar nem temer. Seu sangue, que em geral fluía tão puro e livremente, estava em um estado febril de choque, com mil emoções diferentes destruindo seu belo coração. Era o fogo dos abraços de Werther que ela sentia no peito? Era a repulsa por sua audácia? Era uma comparação descontente de sua condição atual com aqueles dias de inocência completamente livre e desimpedida e de confiança despreocupada em si mesma? Como poderia procurar o marido e lhe confessar uma cena que ela poderia muito bem confessar e, ainda assim, não ousava fazê-lo? Ficaram em silêncio um com o outro por tanto tempo; será que ela deveria ser a primeira a romper o silêncio e fazer a revelação tão inesperada ao marido naquele momento inadequado? Ela já temia que a simples notícia da visita de Werther lhe causasse uma impressão desagradável, e agora essa catástrofe inesperada! Poderia ela esperar que o marido a visse sob a luz certa e a aceitasse sem preconceitos? E ela poderia desejar que ele lesse sua alma? E, mais uma vez, poderia fingir diante do homem com quem sempre fora aberta e livre como um vidro cristalino e de quem nunca havia escondido nenhum de seus sentimentos e de quem nunca foi capaz de escondê-los? Tanto uma coisa como a outra a preocupavam e envergonhavam; e seus pensamentos voltavam o tempo todo a Werther, que estava perdido para ela, a quem não podia abandonar, a quem ela — infelizmente! — tivera de deixar à própria sorte e que, uma vez que a tivesse perdido, não teria mais nada.

Quão pesada era agora para ela a estagnação que havia se instalado entre eles e que ela não conseguia esclarecer nem para si mesma naquele momento! Pessoas tão inteligentes, tão boas, começaram a se calar em virtude de determinadas diferenças secretas entre si; cada um pensava nos próprios acertos e nos erros do outro, e as circunstâncias ficaram tão complicadas e agitadas que foi impossível desatar o nó justamente no momento crítico, do qual tudo dependia. Se uma intimidade feliz os tivesse aproximado mais cedo, se o amor e a paciência tivessem existido alternadamente entre eles e lhes tivessem aberto o coração, talvez nosso amigo ainda pudesse ter sido salvo.

Outra circunstância peculiar ocorreu. Werther, como sabemos por suas cartas, nunca escondera o fato de que desejava deixar este mundo. Albert muitas vezes discutira com ele essa questão, e outras vezes o assunto fora discutido entre Lotte e o marido. Este último, que sentia uma repugnância decidida por tal ato, em muitas ocasiões deixou claro, com uma espécie de sensibilidade que em geral era completamente alheia ao seu caráter, que encontrara boas razões para duvidar da seriedade daquela intenção, até mesmo havia se permitido fazer troça sobre ele e, dessa forma, comunicava sua descrença a Lotte. Embora isso a acalmasse, por um lado, quando seus pensamentos lhe mostravam o triste quadro, por outro, também se sentia impedida de informar ao marido as preocupações que a atormentavam naquele momento.

Albert voltou, e Lotte foi ao encontro dele com pressa e envergonhada; ele não estava feliz, seu negócio não havia sido concluído, tinha encontrado no oficial de justiça vizinho um homem inflexível e tacanho. A estrada ruim também o deixara irritado.

Ele perguntou se algo havia acontecido, e ela respondeu com afã: Werther estivera lá na noite anterior. Ele perguntou se alguma carta havia chegado, e a resposta foi que uma carta e pacotes já estavam em seu quarto. Ele foi até lá, e Lotte ficou sozinha.

A presença do homem que ela amava e honrava deixava uma impressão nova em seu coração. A lembrança da nobreza dele, de seu amor e de sua bondade acalmou ainda mais seu espírito, ela sentiu um impulso secreto de segui-lo — retomou o trabalho manual que fazia e foi até o quarto dele, como sempre fazia. Ela o encontrou ocupado abrindo os pacotes e lendo as cartas. Alguns não pareciam os mais agradáveis de se receber. Ela fez algumas perguntas para ele, que respondeu com brevidade e, em seguida, pôs-se em pé diante da escrivaninha para escrever.

Estavam próximos um do outro assim já fazia uma hora, e o espírito de Lotte estava ficando cada vez mais sombrio. Ela sentiu como seria difícil para ela contar ao marido, mesmo que ele estivesse no melhor humor possível, o que ela estava pensando; ela se rendeu a uma melancolia que se tornou ainda mais assustadora à medida que tentava escondê-la e engolir as lágrimas.

A aparição do criado de Werther lhe causou o maior constrangimento; ele entregou o bilhete para Albert, que calmamente se virou para a esposa e disse: "Dê-lhe as pistolas", acrescentando para o rapaz: "Desejo ao seu senhor uma boa viagem". Aquilo caiu sobre ela como um raio, ela cambaleou para se pôr em pé, não sabia o que estava acontecendo com ela. Ela avançou lentamente em direção à parede, tomou o rifle, trêmula, tirou a poeira dele e hesitou; e teria vacilado por ainda mais tempo se Albert não a tivesse instado com um olhar interrogativo. Ela entregou a infeliz ferramenta ao criado sem poder dizer palavra e, quando ele saiu da casa, terminou o trabalho manual e se retirou para seus aposentos num estado de incerteza indescritível. Seu coração profetizava todos os seus pavores. Ora ela estava prestes a se jogar aos pés do marido e lhe revelar tudo: a história da noite anterior, sua culpa e suas premonições. Ora ela novamente não enxergava resultado nenhum nessa atitude, muito menos que poderia esperar persuadir o marido a ir até a casa de Werther. A mesa estava posta, e uma boa amiga, que tinha aparecido apenas para perguntar algo e já estava prestes a sair, acabou ficando e fez com que a conversa à mesa fosse suportável; as pessoas se obrigaram, conversaram, contaram histórias, esqueceram-se umas das outras.

O criado foi com as pistolas até Werther, que as tirou dele com alegria ao saber que Lotte as havia lhe entregado. Mandou que trouxesse pão e vinho, ordenou que o criado buscasse a mesa e se sentou para escrever.

"Elas passaram por suas mãos, você tirou pó delas, eu as beijo mil vezes, você as tocou! E tu, espírito do céu, favorece minha decisão, e você, Lotte, entrega-me a ferramenta, você, de cujas mãos eu desejava receber a morte, e, ai! Agora recebo. Ó, perguntei uma porção de coisas ao meu criado. Você tremia quando lhe entregou as pistolas, não disse adeus! Ai de mim! Ai de mim! Nenhum adeus! Será que deveria ter fechado seu coração para mim em razão do momento que me uniu a você para sempre? Lotte, nem um milênio poderá apagar essa impressão! E eu sinto isso, você não pode odiar aquele cujo sangue ferve por você."

Depois do jantar, ele mandou o rapaz arrumar as malas, rasgou muitos papéis, saiu para saldar algumas pequenas dívidas. Voltou para casa, saiu de novo pelo portão, sem se importar com a chuva, indo até o jardim do conde, continuou a passear pela região, voltou ao cair da noite e escreveu.

"Wilhelm, vi campos, florestas e o céu pela última vez. Adeus para você também! Querida mãe, perdoe-me! Conforte-a, Wilhelm! Deus os abençoe! Todas as minhas coisas estão em ordem. Adeus! Ver-nos-emos de novo, e com mais alegria."

"Errei com você, Albert, perdoe-me. Perturbei a paz da sua casa, trouxe desconfiança entre vocês. Adeus! Vou dar cabo disso. Ó, espero que sejam felizes com a minha morte! Albert! Albert! Faça o anjo feliz! E que a bênção de Deus se derrame sobre você!"

Durante a noite, ele ainda mexeu em muitos de seus papéis, rasgou vários e os lançou ao forno, selou alguns pacotes endereçados a Wilhelm. Continham pequenos ensaios, ideias incoerentes, vários dos quais eu já vi; e, depois de ter reacendido a lareira às dez horas e pedido que lhe trouxessem uma garrafa de vinho, mandou para a cama o criado, cujo quarto, assim como os quartos da governanta, ficava nos fundos. O criado então se deitou ainda vestido para estar à disposição bem cedo, pois seu senhor havia dito que os cavalos de correio parariam na frente da casa antes das seis da manhã.

Depois das onze

Tudo está tão quieto ao meu redor, e minha alma está tão calma. Agradeço a você, Deus, que concede este calor, esta força nestes últimos momentos.

Vou até a janela, minha querida, e vejo, e ainda vejo, estrelas isoladas no céu eterno por entre as nuvens tempestuosas que passam, apressadas! Não, não vão cair! O Eterno carrega você e eu em seu coração, e a mim. Vejo o cixo de estrelas da Ursa, a mais querida de todas as constelações. Quando eu te deixava à noite, ao sair de seus portões, ela se punha diante de mim. Com que embriaguez muitas vezes olhei para ela, muitas vezes com as mãos erguidas, fazendo dela um sinal, o marco sagrado da minha felicidade naquele momento! E ainda assim... ó, Lotte, o que não me lembra você! Para onde olho, vejo você! E eu, como uma criança, não agarrei o suficiente todo tipo de pequeneza apenas porque você, minha santa, a tocara?

Querida silhueta! Devolvo-a a você, Lotte, e peço que você a honre. Eu dava milhares, milhares de beijos nela e acenava para ela mil vezes quando saía de casa ou voltava para ela. Escrevi um bilhetinho pedindo que seu pai protegesse meu corpo. No cemitério da igreja há duas tílias, ao fundo, no canto voltado para o campo; é lá que desejo descansar. Ele pode e fará isso por seu amigo. Peça a ele também. Não vou esperar que cristãos dos mais devotos depositem seu corpo ao lado de um pobre infeliz. Ah, eu gostaria que você me enterrasse na estrada ou no vale solitário, para que o sacerdote e o levita passassem em frente à pedra marcada e se benzessem, e o samaritano derramasse uma lágrima.

Aqui, Lotte! Não estremeço ao tomar o cálice frio e terrível do qual beberei a fúria da morte! Você me estendeu o cálice, e eu não hesito. Todos! Todos! Assim serão realizados todos os desejos e esperanças da minha vida! Bater tão fria e rigidamente às portas de bronze da morte.

Que eu possa ter sido abençoado com a felicidade de morrer por você! Lotte, de me entregar por você! Queria morrer com coragem, queria morrer com alegria, se pudesse lhe devolver a paz e a felicidade da sua vida. Mas, ah! Isso foi concedido apenas a alguns nobres, derramar seu sangue pelos seus e, por meio de sua morte, fomentar uma nova vida, cem vezes maior, para seus amigos.

Quero ser enterrado com estas roupas, Lotte; você as tocou, santificou-as; pergunte ao seu pai sobre isso também. Minha alma flutuará acima do caixão. Que meus bolsos não sejam vasculhados. Aquele laço vermelho-claro que você tinha no peito quando a encontrei entre seus pequenos pela primeira vez... Beije-os mil vezes e lhes conte o destino de seu infeliz amigo. Queridos! Eles pululavam ao meu redor. Ai, como me apeguei a você! Desde o primeiro momento, não consegui deixá-la! Esse laço deve ser enterrado comigo. Você me deu de presente de aniversário! Como eu devorava tudo! Ah, nunca pensei que aquela estrada me traria até aqui! Fique em paz! Eu imploro, fique em paz!

Elas estão carregadas — o relógio bate doze horas! Que assim seja! Lotte! Lotte, adeus! Até a próxima!

Um vizinho avistou o clarão da pólvora e ouviu o disparo, mas, como tudo permaneceu quieto, ele não deu mais atenção.

Às seis da manhã, o criado chega com o lampião. Encontra o senhor no chão, as pistolas e o sangue. Chama-o, toca-o, mas sem resposta; ele está apenas ofegando. Corre para buscar os médicos, para buscar Albert. Lotte ouve a campainha tocar, e um tremor toma conta de todos os seus membros. Ela acorda o marido, eles se levantam, o criado traz a notícia, aos prantos, gaguejando, e Lotte despenca inconsciente diante de Albert.

Quando o médico alcançou o infeliz, encontrou-o caído no chão, impossibilitado de ser socorrido, com o pulso batendo forte e os membros paralisados. O tiro foi na cabeça, bem acima do olho direito, o que destruiu seu cérebro. Ainda assim, aplicaram-lhe uma sangria; o sangue escorria, e ele ainda respirava.

Pelo sangue no encosto da cadeira foi possível concluir que ele havia cometido o ato enquanto estava sentado à escrivaninha. Depois, despencou e rolou convulsivamente pela cadeira. Estava deitado de costas contra a janela, completamente vestido, de botas, com fraque azul e colete amarelo.

A casa, a vizinhança e a cidade viraram um tumulto. Albert entrou. Haviam deitado Werther na cama, com a testa enfaixada, o rosto já como o de um morto, sem mexer nem um membro sequer. Os pulmões ainda sacudiam terrivelmente, ora fracos, ora mais fortes; as pessoas esperavam seu fim.

Do vinho, ele havia bebido apenas uma taça. O Emilia Galotti[24] *estava aberto sobre a mesa.*

Vou me abster de comentar da consternação de Albert, dos lamentos de Lotte.

O velho oficial de justiça chegou correndo assim que soube da notícia, beijou o moribundo com as lágrimas mais afetuosas. Seus filhos mais velhos logo vieram a pé atrás dele, caíram ao lado da cama com a expressão da dor mais incontrolável, beijaram-lhe as mãos e a boca, e o mais velho, a quem sempre amou mais, ficou pendurado em seus lábios até ele falecer, e aí arrancaram o rapaz à força dali. Ele morreu ao meio-dia. A presença do oficial de justiça e seus preparativos causaram comoção. À noite, por volta das onze horas, ordenou que o sepultassem no local que havia escolhido. O velho e os filhos seguiram o corpo, mas Albert não conseguiu. Temiam pela vida de Lotte. Operários carregaram-no. Nenhum clérigo o acompanhou.

---

24 Peça teatral em cinco atos de Gotthold Ephraim Lessing (1729-1781), que estreou nos palcos em 1772, é considerada uma das primeiras “tragédias burguesas” alemãs, trazendo uma contundente acusação contra o absolutismo dos pequenos governantes. (N. do T.)

Impressão e Acabamento
Gráfica Oceano